TRANZLATY

El idioma es para todos

语言属于每个人

Las Aventuras de Alicia en el País de las Maravillas

爱丽丝梦游仙境

Lewis Carroll

刘易斯·卡罗尔

Español / 普通话

Por la madriguera del conejo
兔子洞

Alicia empezaba a cansarse mucho
爱丽丝开始变得非常疲倦

Estaba sentada junto a su hermana en el banco de hierba
她和姐姐一起坐在草地上

Pero ella no tenía nada que hacer
但她无事可做

Su hermana estaba leyendo un libro
她的姐姐正在看书

una o dos veces Alicia echó un vistazo al libro
爱丽丝有一两次偷看了这木书

Pero el libro no contenía imágenes ni conversaciones
但这本书里没有图片或对话

«¿De qué sirve un libro sin imágenes?», pensó Alicia
"没有图片的书有什么用呢？"

"¿Por qué un libro no tendría conversaciones?"
"为什么一本书没有对话？"

Pero tenía otras cosas que considerar
但她还有其他事情要考虑

"Hacer una cadena de margaritas sería un placer"
"制作一串雏菊将是一种乐趣"
"¿Pero vale la pena el esfuerzo de levantarse y recoger las margaritas?"
"但是，值得起床摘雏菊吗？？"
No era tan fácil pensar en esto
这可不是那么容易想的
porque el día la estaba haciendo sentir somnolienta y estúpida
因为那一天让她感到困倦和愚蠢
Pero de repente sus pensamientos se vieron interrumpidos
但突然间，她的思绪被打断了
un conejo blanco de ojos rosados corrió cerca de ella
一只粉红色眼睛的白兔在她身边跑来跑去

No había nada demasiado notable en el conejo
这只兔子没有什么特别了不起的
y Alicia tampoco pensó que el conejo fuera notable
爱丽丝也不觉得这只兔子很了不起
ni le extrañó que el Conejo hablara

兔子说话时，她也没有感到惊讶

"¡Oh, Dios mío! ¡Llegaré demasiado tarde!", se dijo a sí mismo

"噢，天哪！我来不及了！

pero entonces el Conejo hizo algo que los conejos no hacían

但随后兔子做了兔子没有做的事情

el Conejo sacó un reloj del bolsillo de su chaleco

兔子从背心口袋里掏出一块手表

Miró la hora y luego se apresuró a seguir adelante

他看了看时间，然后匆匆忙忙地继续说

Alicia se puso en pie, asombrada

爱丽丝惊奇地站了起来

¡Nunca antes había visto un conejo con chaleco!

她以前从来没有见过穿背心的兔子！

¡Tampoco había visto nunca un conejo con reloj!

她也从来没有见过带手表的兔子！

Alicia ardía con una nueva curiosidad

爱丽丝又燃起了新的好奇心

y corrió por el campo tras el Conejo

她追着兔子跑过田野

Llegó justo a tiempo para ver desaparecer al conejo

她正好看到兔子消失了

El conejo saltó a una gran madriguera

兔子跳进了一个大兔子洞

¡En otro momento, Alicia bajó detrás del conejo!

又过了一会儿，爱丽丝追着兔子倒下了！

La madriguera del conejo seguía recto como un túnel

兔子洞像隧道一样笔直地向前

Y el túnel siguió avanzando a cierta distancia

隧道继续延伸了一段距离

Y entonces el camino de repente se hundió

然后小路突然下降了

Alicia no tuvo ni un momento para pensar en detenerse

爱丽丝没有片刻想阻止自己

Se encontró a sí misma cayendo y abajo y abajo
她发现自己跌倒了，跌倒了，跌倒了
Parecía como si hubiera caído en un pozo muy profundo
她好像掉进了一口很深的井里
O el pozo era muy profundo, o ella caía muy lentamente
要么井很深，要么她下得很慢
porque tenía tiempo de sobra para caer
因为她有足够的时间跌倒
Mientras caía, podía mirar a su alrededor
当她坠落时，她可以环顾四周
Primero, trató de averiguar a dónde iba
首先，她试图弄清楚她要去哪里
Pero el pozo estaba demasiado oscuro para ver nada
但井太黑了，什么也看不见
Luego miró a los lados del pozo
然后她看了看井的两侧
Y se dio cuenta de que había armarios a su alrededor
她注意到她周围到处都是橱柜
y alrededor del pozo había estanterías de libros
井周围都是书架
Aquí y allá veía mapas y cuadros colgados de perchas
她到处都能看到钉子上挂着的地图和图片
Al pasar, bajó un frasco de una de las estanterías
她经过时从其中一个架子上取下了一个罐子
El frasco estaba etiquetado por su contenido
这个罐子的内容物被贴上了标签
"MERMELADA DE NARANJAS"
“橙子做的果酱”
Pero, para su gran decepción, el frasco de mermelada estaba
vacío
但是，令她非常失望的是，果酱罐子里是空的
No quería dejar caer el tarro de mermelada vacío
她不想掉下空的果酱罐
y su caída fue muy lenta

她的坠落非常缓慢

Así que se las arregló para poner el frasco de mermelada en uno de los armarios

所以她设法把果酱罐子放进了一个橱柜里

¡Abajo, abajo, abajo, ella cae!

她倒下，倒下，倒下！

¿Llegaría alguna vez la caída a su fin?

堕落会结束吗？

No había nada más que hacer

别无他法

así que Alicia pronto empezó a hablar consigo misma

所以爱丽丝很快就开始自言自语了

—¡Dinah me echará mucho de menos esta noche, creo!

"我想，黛娜今晚会非常想我！"

Dinah era la gata de Alicia

黛娜是爱丽丝的猫

"Espero que se acuerden de su plato de leche a la hora del té"

"我希望他们会记得她在下午茶时间的牛奶碟"

—¡Dinah, querida, desearía que estuvieras aquí abajo conmigo!

"黛娜，亲爱的，我真希望你和我在一起！"

Alicia sintió que se estaba quedando dormida

爱丽丝觉得自己在打瞌睡

Y de repente, ¡pum! ¡golpe!

然后突然，砰的一声！扑通！

Cayó sobre un montón de palos

她倒在了一堆树枝上

y aterrizó sobre un montón de hojas secas

她落在一堆干树叶上

Y finalmente la larga caída por el agujero había terminado

终于，漫长的坠落结束了

Alicia no estaba herida en lo más mínimo

爱丽丝没有受伤

Y se levantó de un salto en un momento

她一下子就跳了起来

Alzó la vista, pero todo estaba oscuro sobre su cabeza
她抬起头，但头顶上一片漆黑

Frente a ella había otro largo pasillo
在她面前是另一条长长的走廊

y el Conejo Blanco seguía a la vista
而白兔还在眼前

Corría por el pasillo
他正匆匆忙忙地沿着走廊走去

No había un momento que perder
没有一刻可以浪费

Alicia salió corriendo como el viento
爱丽丝像风一样跑了

A la vuelta de la esquina giró el conejo
拐角处转过了兔子

Llegó justo a tiempo para oír al conejo
她正好听到兔子的声音

"Oh, mis orejas y bigotes"
“”哦，我的耳朵和胡须”

"¡Qué tarde se está haciendo!"
“多晚啊！”

Estaba muy cerca del conejo
她紧跟在兔子后面

Dobló otra esquina
她转过另一个拐角

pero el Conejo ya no se dejaba ver
但兔子已经不见了

Se encontró en un pasillo largo y bajo
她发现自己在一个又长又低的大厅里

La sala estaba iluminada por una hilera de lámparas de techo
大厅里有一排吊灯照亮

Había puertas por todo el pasillo
大厅周围都是门

pero todas las puertas estaban cerradas con llave

但所有的门都锁上了

Caminó por un lado del pasillo
她一路走到大厅的一侧

Y ella había caminado todo el camino hasta el otro lado de la sala
她一路走到大厅的另一边

Había intentado todas las puertas
她尝试了每一扇门

Y caminó tristemente por el centro del pasillo
她悲伤地走在大厅中间

"¿Cómo voy a volver a salir?"
　"我怎么能再出去呢？"

De repente se encontró con una mesita
突然，她来到一张小桌子前

La mesa estaba hecha completamente de vidrio macizo
桌子完全由实心玻璃制成

No había nada sobre la mesa, excepto una pequeña llave dorada
桌子上除了一把小小的金钥匙外什么都没有

¡La llave podría pertenecer a una de las puertas!

钥匙可能属于其中一扇门！

Pero, ¡ay! Algunas de las cerraduras eran demasiado grandes para las llaves

但是，唉！有些锁对于钥匙来说太大了

y para las otras cerraduras la llave era demasiado pequeña

而其他锁的钥匙太小了

Pero, en cualquier caso, la llave no abrió ninguna de las puertas

但是，无论如何，钥匙没有打开任何一扇门

Pero, ¿qué iba a hacer ella?

但她该怎么办呢？

Volvió a atravesar el pasillo

她又穿过了大厅

Y esta vez se fijó en una cortina baja

这一次，她注意到一个低矮的窗帘

Detrás de la cortina había una puertecita

窗帘后面是一扇小门

La puerta tenía unos quince centímetros de alto

门大约有 15 英寸高

Probó la pequeña llave dorada en la cerradura

她试了试锁里的小金钥匙

Y para su gran deleite, ¡la llave encajó en la cerradura!

令她非常高兴的是，钥匙了锁里！

Alicia abrió la puerta

爱丽丝打开了门

Y encontró que la puerta daba a un pequeño pasillo

她发现门通向一条小走廊

El corredor no era mucho más grande que una madriguera de ratas

走廊比一个老鼠洞大不了多少

Se arrodilló y miró a lo largo del pasillo

她跪下来，沿着走廊看去

Y ella vio el jardín más hermoso que jamás hayas visto

她看到了你所见过的最美丽的花园

¡Cómo anhelaba salir de ese oscuro salón

她多么渴望走出那个黑暗的大厅

cómo quería vagar entre esas flores brillantes

她多么想在那些鲜艳的花朵中徜徉

¡Qué genial se veían esas fuentes

刷新那些喷泉看起来多么酷

Pero ni siquiera podía meter la cabeza por la puerta

但她甚至无法将头从门口探出

-¡Oh! -exclamó Alicia con tristeza-

"哦，"爱丽丝悲哀地说

"¡Cómo desearía poder plegarme como un telescopio!"

"我多么希望我能像望远镜一样折叠起来！"

"Creo que podría plegarme como un telescopio"

"我觉得我可以像望远镜一样折叠起来"

"Si supiera cómo empezar"

"如果我知道如何开始"

Alicia volvió a la mesa

爱丽丝回到桌子旁

Existía la posibilidad de encontrar otra llave

有机会找到另一把钥匙

O podría haber un libro de reglas

或者可能有一本规则书

El libro podría decirle cómo plegarse como un telescopio

这本书可以告诉她如何像望远镜一样折叠起来

Esta vez encontró una botellita

这一次她找到了一个小瓶子

—Esta botella no estaba aquí antes —dijo Alicia—

"这瓶酒以前肯定没出现过，"爱丽丝说

**y atada alrededor del cuello de la botella había una etiqueta
de papel**

瓶子的脖子上系着一个纸质标签

La etiqueta estaba bellamente impresa en letras grandes

标签上印着精美的大字

"BÉBEME"
"喝我"

—No, miraré primero —dijo ella—
"不，我先看看，"她说

"Veré si la botella está marcada como venenosa o no"
"我看看瓶子是不是被标记为有毒的。"

porque nunca olvidó la lección sobre el veneno
因为她从未忘记关于毒药的教训

"Si una botella está etiquetada como venenosa, es probable que no esté de acuerdo contigo"
"如果一个瓶子被贴上了有毒的标签，它肯定会不同意你的看法"

Sin embargo, esta botella no estaba marcada como venenosa
然而，这个瓶子并没有被标记为有毒

así que Alicia se aventuró a probar el contenido de la botella
于是爱丽丝冒险尝尝了瓶子里的东西

Encontró el líquido bastante de su agrado
她发现这种液体很合她的胃口

La bebida tenía una especie de sabor mezclado
这种饮料有一种混合的味道

tarta de cerezas, natillas y piña
樱桃馅饼、奶油冻和菠萝

Pavo asado, caramelo y tostadas con mantequilla caliente
烤火鸡、太妃糖和热黄油吐司

Y pronto acabó la botella
她很快就喝光了这瓶酒

-¡Qué sensación tan curiosa! -exclamó Alicia-
"多么奇怪的感觉啊！"

"¡Me estoy pliegando como un telescopio!"
"我像望远镜一样折叠起来！"

¡Y se estaba pliegando como un telescopio!
她果然像望远镜一样折叠起来！

Ahora solo medía diez pulgadas de alto
她现在只有十英寸高

y su rostro se iluminó con sus pensamientos
她的脸因她的思绪而变得明亮起来
Ahora ella tenía el tamaño adecuado para la pequeña puerta
现在她的大小正好适合那扇小门
Ahora podía entrar en ese hermoso jardín
现在她可以走进那个可爱的花园了
Pronto dejó de hacerse más pequeña
很快她就不再变小了
Decidió ir al jardín de inmediato
她决定马上进花园
pero, ¡ay de la pobre Alicia!
但是，可怜的爱丽丝可惜！
Llegó a la puerta
她到了门口
Pero había olvidado la pequeña llave de oro
可是她忘了那把小金钥匙
Volvió a la mesa en busca de la llave
她回到桌子前拿钥匙
Pero se dio cuenta de que no podía llegar lo suficientemente alto
但她发现自己够不着
Podía ver la llave claramente a través del cristal
她可以透过玻璃清楚地看到钥匙
Trató de trepar por las patas de la mesa
她试图爬上桌腿
Pero el cristal era demasiado resbaladizo
但玻璃太滑了
Con el tiempo se cansó de intentarlo
最终，她尝试了一下，让自己疲惫不堪
Y la pobre niña se sentó y lloró
可怜的小女孩坐下来哭泣
Alicia se habló a sí misma con bastante brusquedad
爱丽丝对自己说得相当尖锐
"¡Vamos, no sirve de nada llorar así!"

"来，这样哭也没用！"
"¡Te aconsejo que te detengas ahora mismo!"
"我劝你马上停下来！"
En general, se daba muy buenos consejos
她通常给自己很好的建议
aunque muy rara vez seguía sus propios consejos
虽然她很少听从自己的建议
Y a veces era demasiado dura consigo misma
她有时对自己太苛刻了
y sus palabras hicieron que se le llenaran los ojos de lágrimas
她的话让她热泪盈眶
Pronto sus ojos se posaron en una cajita de cristal
很快，她的目光落在了一个小玻璃盒上
La cajita de cristal estaba debajo de la mesa
那个小玻璃盒子躺在桌子下面
En la caja de cristal había un pastel muy pequeño
玻璃盒里有一个非常小的蛋糕
En el pastel, algunas palabras estaban bellamente escritas
在蛋糕上，有些文字写得很漂亮
Las palabras habían sido marcadas con grosellas
这些字已经用醋栗标记了
"CÓMEME"
"吃我"
—Bueno, me comeré el pastel —dijo Alicia—
"好吧，我来吃蛋糕，"爱丽丝说
"y si el pastel me hace crecer, puedo llegar a la llave"
"如果蛋糕让我长大，我就能拿到钥匙"
"y si el pastel me hace más pequeño, puedo arrastrarme por debajo de la puerta"
"如果蛋糕让我变小了，我就可以悄悄地躲进门下。"
"así que de cualquier manera me meteré en el jardín"
"所以不管怎样，我都得进花园去。"

"¡Y no me importa cuál de los dos suceda!"
"而且我不在乎这两种情况中哪一种发生！"

Se comió un pedacito del pastel
她吃了一点蛋糕

Y se habló a sí misma con ansiedad:
她焦急地对自己说：

—¿De qué manera? ¿Hacia dónde?
"哪条路？哪条路？

Y se llevó la mano a la cabeza
她把手放在头上

Quería sentir de qué manera estaba creciendo
她想感受一下自己正在成长的方向

Se sorprendió bastante al descubrir lo que había sucedido
她很惊讶地发现发生了什么

¡Había permanecido del mismo tamaño!
她还是一样的大小！

Así que esta vez redobló sus esfuerzos
所以这一次她加倍努力

Y pronto terminó todo el pastel
很快她就吃完了整个蛋糕

El charco de lágrimas
泪池

-¡Esto se está poniendo cada vez más interesante! -exclamó Alicia-

"这越来越有趣了！"

Se puede ver que estaba muy sorprendida

你可以看到她非常惊讶

"¡Me estoy abriendo como el telescopio más grande que jamás haya existido!"

"我像有史以来最大的望远镜一样打开！"

—¡Adiós, pies! ¡Oh, mis pobres piecitos!

"再见，脚！哦，我可怜的小脚丫"

"Me pregunto quién se pondrá sus zapatos por ustedes ahora, queridos".

"我想知道现在谁来为你穿鞋呢，亲爱的？"

—¿Y me pregunto quién se pondrá las medias?

"我想知道谁来穿你的丝袜呢？"

"Estaré demasiado lejos"

"我离得太远了"

"No podré preocuparme más por ti"

"我再也不能为你烦恼了"

Justo en ese momento su cabeza golpeó contra algo

就在这时，她的头撞到了什么东西上

Había llegado al techo de la sala

她已经到了大厅的屋顶上

De hecho, ahora medía más de dos metros de altura

事实上，她现在已经有两米多高了

Y al instante tomó la pequeña llave de oro

她立刻拿起了那把小金钥匙

Y se apresuró a llegar a la puerta del jardín

她匆匆忙忙地走到花园门口

¡Pobre Alicia! No había mucho que pudiera hacer

可怜的爱丽丝！她能做的不多

Se acostó de lado

她躺在一边
Y miró al jardín con un ojo
她用一只眼睛望向花园里
Pero salir adelante era más desesperado que nunca
但要通过比以往任何时候都更加绝望
Se sentó y comenzó a llorar de nuevo
她坐下来，又开始哭泣
Siguió derramando galones de lágrimas
她继续流泪
Pronto había un gran estanque a su alrededor
很快，她周围就出现了一个大水池
Y el agua llegaba hasta la mitad del pasillo
水已经到了大厅的一半
Al cabo de un rato, oyó un pequeño golpeteo de pies
过了一会儿，她听到了一点点脚步声
Oyó los pasos que venían de lejos
她听到远处传来的脚步声
Y se secó los ojos apresuradamente para ver lo que venía
她急忙擦干眼睛，看看会发生什么
Era el Conejo Blanco que regresaba
是白兔回来了
Iba espléndidamente vestido
他穿着华丽
Tenía un par de guantes blancos en una mano
他一只手拿着一双白手套
y tenía un gran abanico de plumas en la otra mano
他的另一只手里拿着一把大羽扇
Llegó trotando a toda prisa
他匆匆忙忙地小跑着来
y murmuró para sí: "¡Oh! ¡La duquesa, la duquesa!
他喃喃自语道："哦！公爵夫人，公爵夫人！
—¡Oh! ¡No será salvaje si la he hecho esperar!
"哦！如果我让她久等，她岂不是很野蛮吗？

Cuando el Conejo se acercó a ella, Alicia habló
当兔子走近她时，爱丽丝开口了
Pero ella hablaba en voz baja y tímida
但她用低沉而胆怯的声音说话
"Señor, por favor, deje de hacer lo que está haciendo por un momento"
"先生，请暂时停止您正在做的事情"
El Conejo se sobresaltó violentamente
兔子猛地吓了一跳
Dejó caer los guantes blancos y el abanico de plumas
他丢下了白手套和羽毛扇
Y se escabulló en la oscuridad lo más rápido que pudo
他以最快的速度跑进了黑暗中
Alicia recogió el abanico de plumas y los guantes
爱丽丝拿起羽毛扇和手套
Y no paraba de abanicarse mientras seguía hablando
她一边说话一边不停地给自己扇风
"¡Querido, querido! ¡Qué extraño es todo hoy!"
"亲爱的，亲爱的！今天的一切都多么奇怪啊！

"Ayer las cosas siguieron como siempre"
"昨天一切照常进行"
—¿Era yo el mismo cuando me levanté esta mañana?
"我今天早上起床时还是一样吗？"
"Pero si no soy el mismo, hay otra cuestión"
"但是如果我不一样，还有另一个问题"
"¿Quién demonios soy yo?"
"我到底是谁？"
"¡Ah, ese es el gran rompecabezas!"
"啊，这真是个大谜题！"
Al decir esto, se miró las manos
"说这话时，她低头看着自己的手
Llevaba uno de los Conejos, gusanos blancos
她戴着一只兔子的小白手套
No se había dado cuenta de que se había puesto el guante mientras hablaba
她没有注意到她在说话时戴上了手套
"¿Cómo pude haber hecho eso?", pensó
"我怎么能那样做呢？"
"Debo estar haciéndome pequeño otra vez"
"我一定又长大了"
Se levantó y se acercó a la mesa para medir su altura
她站起来，走到桌子前测量自己的身高
Descubrió que ahora medía aproximadamente medio metro de altura
她发现自己现在已经有半米左右高了
Y ella seguía encogiéndose rápidamente
她还在迅速地缩小
Pronto descubrió cuál era la causa del encogimiento
她很快就发现了缩小的原因
¡El abanico de plumas la estaba haciendo más pequeña de nuevo!
羽扇又把她弄小了！
Y dejó caer el abanico de plumas apresuradamente

她匆匆放下了羽扇

Dejó caer el abanico de plumas justo a tiempo para salvarse

她及时放下了羽扇，救了自己

Si se hubiera abanicado por más tiempo, se habría encogido por completo

如果她再给自己扇风，她就会完全缩起来

-¡Ha sido una fuga por los pelos! -dijo Alicia-

“那真是一次险些逃脱！”

Y se asustó mucho ante el cambio repentino

她对这突如其来的变化感到非常害怕

pero estaba muy contenta de encontrarse todavía en existencia

但她很高兴发现自己还活着

—¡Y ahora, al jardín!

“现在，去花园吧！”

Y corrió a toda prisa hacia la puertecita

“她飞快地跑回那扇小门

Pero, ¡ay! La puertecita se cerró de nuevo

但是，唉！小门又关上了

Y la pequeña llave de oro volvía a estar sobre la mesa de cristal

小金钥匙又躺在玻璃桌上

"Las cosas están peor que nunca", pensó el pobre niño

“情况比以前更糟了，”这个可怜的孩子想

"Nunca antes había sido tan pequeño como esto, ¡nunca!"

“我以前从来没有这么小过，从来没有！”

Al decir estas palabras, su pie resbaló

当她说这些话时，她的脚滑了一下

¡Y en otro momento hubo un gran chapoteo!

又过了一会儿，一阵巨大的水花飞溅起来！

Estaba sumergida en agua salada hasta la barbilla

她在盐水中一直到下巴

Su primera idea fue que de alguna manera había caído al mar

她的第一个想法是她不知怎么掉进了海里
Sin embargo, pronto se dio cuenta de en qué estaba metida
然而，她很快就意识到了自己的处境
Estaba en un charco de lágrimas
她泪流满面
las lágrimas que había llorado cuando tenía dos metros de altura
她在两米高时流下的眼泪

Justo en ese momento escuchó algo
就在这时，她听到了什么
Algo chapoteaba en la piscina
有什么东西在池子里飞溅
El chapoteo venía de un poco más lejos
飞溅的声音来自不远的地方
Y se acercó nadando para ver qué era el chapoteo
她游近了，想看看溅起的水花是什么
Pronto vio que era solo un ratoncito
她很快就发现那只是一只小老鼠
El ratoncito también se había metido en el agua

小老鼠也滑进了水里

Alicia pensó para sí misma sobre la situación

爱丽丝心里想着当时的情况

—¿Serviría de algo hablar con este ratón?

"跟这只老鼠说话有什么用吗？"

"Aquí todo está tan al revés"

"这里的一切都是如此颠倒"

"Creo que es muy probable que este ratón pueda hablar"

"我觉得这只老鼠很可能会说话"

"En cualquier caso, no hay nada de malo en intentarlo"

"无论如何，尝试一下也没什么坏处"

Así que empezó a tratar de hablar con el ratón

所以她开始尝试与老鼠交谈

"Oh Ratón, ¿conoces la forma de salir de esta piscina?"

"哦，老鼠，你知道这个池子的出路吗？"

—¡Estoy muy cansado de nadar por aquí, oh ratón!

"我在这里游来游去已经很累了，哦，老鼠！"

El ratón la miró con curiosidad

老鼠好奇地看着她

El ratón parecía guiñar un ojo con uno de sus ojitos

老鼠似乎用它的一只小眼睛眨了眨眼

Pero el ratoncito no dijo nada

可是小老鼠什么也没说

"A lo mejor el ratón no entiende inglés", pensó Alicia

"也许老鼠不懂英语，"爱丽丝想

"Me atrevo a decir que es un ratón francés"

"我敢说这是一只法国老鼠"

"tal vez este ratón vino con Guillermo el Conquistador"

"也许这只老鼠是和征服者威廉一起过来的。"

Así que empezó de nuevo, en francés

于是她又用法语开始了

"¿Dónde está mi gato?", preguntó en francés

她用法语问道："我的猫在哪里？

era la primera frase de su libro de clases de francés

这是她法语课本上的第一句话
El Ratón dio un súbito salto fuera del agua
老鼠突然从水里跳了出来
y el ratón pareció temblar de miedo
老鼠似乎吓得浑身颤抖
-¡Oh, le ruego que me perdone! -exclamó Alicia apresuradamente-
"噢，我求你原谅！"
Temía haber herido los sentimientos del pobre animal
她害怕自己伤害了这只可怜的动物的感情
"Olvidé que no te gustaban los gatos"
"我真忘了你不喜欢猫"
—¡No me gustan los gatos! —exclamó el ratón con voz estridente y apasionada—
"我不喜欢猫！" 老鼠用尖锐而热情的声音喊道
—¿Te gustaría tener gatos, si fueras yo?
"如果你是我，你想要猫吗？"
Alicia consoló al ratón en un tono tranquilizador
爱丽丝用安抚的语气安慰老鼠
"Bueno, tal vez a mí tampoco me gustarían los gatos si fuera tú"
"嗯，如果我是你，也许我也不喜欢猫"
"Por favor, no te enfades por la mención de los gatos"
"请不要因为提到猫而生气"
"Y, sin embargo, desearía poder mostrarte a nuestra gata Dinah"
"但我希望我能带你看看我们的猫黛娜"
"Si la conocieras, creo que te encapricharías de los gatos"
"如果你遇见她，我想你会喜欢猫"
"Si tan solo pudieras verla"
"如果你能看到她就好了"
"Es una cosa tan querida y tranquila"
"她是个如此可爱、安静的东西"
El ratón temblaba por todas partes

老鼠浑身颤抖

Alicia estaba segura de que el ratón debía de estar realmente ofendido

爱丽丝确信这只老鼠一定是真的被冒犯了

"No hablaremos más de ella, si prefieres no hacerlo"

"如果你愿意的话，我们不会再谈论她了"

-¡Nosotros, en efecto! -exclamó el Ratón-

"我们，真的！"

El ratón temblaba hasta la punta de la cola

老鼠颤抖着，一直到尾巴的末端

—¡Como si fuera a hablar de un tema así!

"好像我会谈论这样的话题一样！"

"Nuestra familia siempre odió a los gatos"

"我们家一直都讨厌猫"

"Gatos; ¡Cosas desagradables, bajas, vulgares!"

"猫；、低级、粗俗的东西！

"¡No dejes que vuelva a escuchar el nombre!"

"别让我再听到这个名字！"

-¡No volveré a hablar de los gatos! -dijo Alicia-

"我真的不会再提猫了！"

Tenía mucha prisa por cambiar de tema

她急着要转移话题

"¿Eres tú... ¿Te gustan los perros?

"你是……你喜欢狗吗？

"Hay un perrito tan simpático cerca de nuestra casa"

"我们家附近有一只这么漂亮的小狗，"

—¡Me gustaría enseñarte el perrito!

"我想带你看看那只小狗！"

"Este perrito mata a todas las ratas y...

"这只小狗杀死了所有的老鼠，然后……

-¡Oh, querida! -exclamó Alicia en tono triste-

"噢，亲爱的！"　爱丽丝用悲哀的语气叫道

"¡Me temo que te he ofendido de nuevo!"

"恐怕又得罪你了！"

El ratón se alejaba nadando de ella tan rápido como podía
老鼠以最快的速度从她身边游走
y el ratón hizo un gran alboroto en la piscina
老鼠在池子里引起了不小的骚动
Así que llamó suavemente al ratón
于是她轻声地追着老鼠叫了一声
"¡Mi querido ratón, por favor vuelve!"
“我亲爱的老鼠，请回来！”
"Y no hablaremos de gatos"
“我们不会谈论猫”
"Y tampoco tenemos que hablar de perros"
“我们也不必谈论狗”
Cuando el ratón escuchó esto, se dio la vuelta
老鼠听到这话，转过身来
Y el ratoncito nadó lentamente de regreso a ella
小老鼠慢慢地游回她身边
La cara del ratón estaba bastante pálida
老鼠的脸色很苍白
Y el ratón habló, en voz baja y temblorosa
老鼠用低沉、颤抖的声音说话
"Vamos a la orilla"
“我们到岸边去”
"y luego te contaré mi historia"
“然后我会告诉你我的历史”
"y entenderás por qué odio a los gatos y a los perros"
“你就会明白为什么我讨厌猫和狗了”
Ya era hora de partir
现在是该走的时候了
porque la piscina se estaba llenando bastante
因为游泳池变得非常拥挤
Otros pájaros y animales habían caído en el estanque
其他鸟类和动物也掉进了水池里
había un pato y un dodo
有一只鸭子和一只渡渡鸟

y había un pájaro lori y un aguilucho
还有一只 Lory 鸟和一只 Eaglet
Y había varias otras criaturas de aspecto interesante
还有其他几个看起来很有趣的生物
Alicia abrió el camino para salir de la piscina
爱丽丝带路走出了游泳池
Y todo el grupo de animales nadó hasta la orilla
于是，一队动物都游到了岸边

Una carrera de caucus y una larga cola

预选会议和长尾巴

De hecho, eran un grupo de animales de aspecto gracioso

他们确实是一群看起来很滑稽的动物

Y todos se reunieron a la orilla del agua

他们都聚集在水岸上

Todos los pájaros tenían las plumas desaliñadas

鸟儿的羽毛都破烂不堪

y los animales peludos estaban empapados

毛茸茸的动物被浸透了

y todos estaban empapados, molestos e incómodos

所有人都湿漉漉的，恼火和不舒服

Había una pregunta que había que responder primero

首先必须回答一个问题

¿Cuál es la mejor manera de que todos se sequen?

大家擦干的最佳方式是什么？

Tuvieron una consulta sobre este asunto

他们就此事进行了磋商

Pronto todos se sintieron en términos familiares

很快他们就熟悉了

Era como si los conociera de toda la vida

就好像她一辈子都认识他们一样

El ratón parecía ser una persona de cierta autoridad
老鼠似乎是一个有权威的人
"¡Siéntense todos y escúchenme!
"你们都坐下，听我说！
"¡Pronto los volveré a secar!"
"我很快就会让你们都干的！"
Se sentaron todos a la vez, en un gran círculo
他们同时围成一圈坐下
y el ratoncito se sentó en el medio
小老鼠坐在中间
—¡Ejem! —dijo el ratón con aire importante—
"咳咳！"
"¿Están todos listos?"
"你们都准备好了吗？"
"Esto es lo más seco que conozco"
"这是我所知道的最干燥的事情"
—¡Silencio por todas partes, por favor!
"如果你愿意的话，周围安静！"
"Guillermo el Conquistador fue favorecido por el Papa"
"征服者威廉受到教皇的青睐"
"pero pronto fue sometido por los ingleses"
"但他很快就被英国人臣服了"
"Últimamente querían líderes"
"他们想要最近的领导人"
"Y se habían acostumbrado al poder y a la conquista"
"他们已经习惯了权力和征服"
"Edwin y Morcar, los condes de Mercia y Northumbria"
"埃德温和莫尔卡，麦西亚伯爵和诺森比亚伯爵"
—¡Uf! —exclamó el pájaro lori con un escalofrío—
"呃，"那只萝莉鸟说，打了个寒颤
"e incluso Stigand, el patriota arzobispo de Canterbury"
"甚至还有爱国的坎特伯雷大主教斯蒂甘德"
"A él también le pareció aconsejable"
"他也觉得这是可取的"

-¿Qué le pareció aconsejable? -dijo el pato-
"他觉得什么好呢？"
—Le pareció aconsejable —replicó el ratón con cierto enfado—
"他觉得这是可取的，" 老鼠相当生气地回答
Pero el pato no estaba satisfecho
但鸭子并不满意
"Por supuesto, ya sabes lo que significa"
"当然，你知道'它'是什么意思"
—Sé lo que es cuando encuentro una cosa —dijo el pato—
"当我找到 ·个东西时，我就知道'它'是什么，" 鸭子说
"Generalmente es una rana o un gusano"
"它通常是青蛙或蠕虫"
"La pregunta es, ¿qué encontró el arzobispo?"
"问题是，大主教发现了什么？"
El ratón no se dio cuenta de esta pregunta
鼠标没有注意到这个问题
En cambio, el ratón continuó apresuradamente con el discurso
相反，老鼠匆匆忙忙地继续演讲
"le pareció aconsejable ir con Edgar Atheling"
"他觉得和埃德加·阿瑟林一起去是明智的。"
"para encontrarme con Guillermo y ofrecerle la corona"
"去见威廉，把王冠献给他"
el ratón continuó, volviéndose hacia Alicia mientras hablaba
老鼠继续说着，一边转向爱丽丝
—¿Cómo te va ahora, querida?
"你现在怎么样了，亲爱的？"
—Tan mojado como siempre —dijo Alicia en tono melancólico—
"一如既往地湿漉漉的，" 爱丽丝用忧郁的语气说
"Esta historia no parece que me seque en absoluto"
"这个故事似乎一点也不让我感到干燥"

—En ese caso —dijo solemnemente el dodo, poniéndose en pie—

“既然如此，” 渡渡鸟严肃地说，站了起来

"Voto que se levante la sesión"

“我投票决定休会”

"y propongo la adopción inmediata de remedios más enérgicos"

“我建议立即采用更有力的补救措施”

—¡Di palabras de verdad! —dijo el aguilucho—

“说真话！”

"No conozco el significado de la mitad de esas palabras largas"

“我不知道那些长词的一半是什么意思”

—¡Y, lo que es más, tampoco creo que tú lo sepas!

“而且，我不相信你也知道！”

—Lo que iba a decir —dijo el dodo en tono ofendido—

“我本来想说的，” 渡渡鸟用一种被冒犯的语气说

"Lo mejor para deshacernos sería una contienda electoral"

“让我们干涸的最好办法是预选会议”

—¿Qué es una contienda electoral? —preguntó Alicia

“什么是预选会议？”

—Bueno —dijo el dodo—, la mejor manera de explicarlo es hacerlo.

"嗯，" 渡渡鸟说， "最好的解释方式就是去做。

"Primero el dodo trazó un hipódromo"

"首先，渡渡鸟划定了一个赛马路线"

"La pista estaba en una especie de círculo"

"轨道在某种圆圈中"

"Y luego todo el grupo se colocó a lo largo del recorrido"

"然后所有的队伍都沿着路线布置。"

No hubo "¡Uno, dos, tres y fuera!"

没有 "一、二、三和远！

pero empezaron a correr cuando quisieron

但他们想跑就跑

Y también terminaban cuando querían

他们也想什么时候结束就结束

Así que no era fácil saber cuándo había terminado la carrera

因此，要知道比赛何时结束并不容易

Después de media hora más o menos de correr, todos estaban bastante secos

跑了半个小时左右后，他们都已经干了

el dodo gritó de repente: "¡La carrera ha terminado!"

渡渡鸟突然喊道： "比赛结束了！

Y todos se agolparon alrededor del dodo

他们都挤在渡渡鸟周围

Todos los animales jadeaban y resoplaban

所有的动物都在喘气和喘气

y todos querían saber: "¿Pero quién ha ganado?"

他们都想知道， "但谁赢了？

El dodo no pudo responder de inmediato a esta pregunta

这个问题渡渡鸟无法立即回答

Primero tuvo que pensar mucho

首先，他必须做大量的思考

Después de pensarlo mucho, el Dodo finalmente habló

经过深思熟虑，渡渡鸟终于开口了

"Todos han ganado y todos deben tener premios"
"每个人都赢了，而且所有人都必须有奖品"
"¿Pero quién va a dar los premios?", preguntó un coro de voces
"可是，谁来颁奖呢？"
—Bueno, ella, por supuesto —dijo el dodo—
"嗯，她，当然，"渡渡鸟说
y el dodo señaló con un dedo a Alicia
渡渡鸟用一根手指指向爱丽丝
y todo el grupo de animales se agolpó a su alrededor
还有一大群动物都挤在她周围
gritaron, de manera confusa: "¡Premios! ¡Premios!"
他们困惑地喊道："奖品！奖品！
Alicia no tenía ni idea de qué hacer
爱丽丝不知道该怎么办
Desesperada, se metió la mano en el bolsillo
绝望中，她把手伸进口袋里
Y sacó una caja de dulces
她拿出一盒糖果
Por suerte, el agua salada no había entrado en la caja
幸运的是，盐水没有进入箱子
Y repartió los dulces como premios
她把糖果当奖品递给大家
Había exactamente una pieza para todos
每个人都有一件
Lo siguiente que tenían que hacer era comer los dulces
他们接下来要做的是吃糖果
Esto causó algo de ruido y confusión
这引起了一些噪音和混乱
Los grandes pájaros se quejaban de que no podían saborear sus dulces
大鸟抱怨它们尝不到自己的甜食
Los pequeños se ahogaron y hubo que darles palmaditas en la espalda

小的呛住了，不得不拍拍背
Sin embargo, al fin se acabó
然而，它终于结束了
y se sentaron de nuevo en un anillo
他们又围成一圈坐下
Y le rogaron al ratón que les dijera algo más
他们恳求老鼠再告诉他们一些事情
—Prometiste contarme tu historia, ¿sabes? —dijo Alicia—
"你知道的，你答应过要把你的经历告诉我，" 爱丽
丝说
E hizo otro pequeño comentario sobre los gatos en un susurro
她又悄悄地说了一句关于猫的事
No quería volver a ofender al ratón
她不想再得罪老鼠了
el ratoncito se volvió hacia Alicia y suspiró
小老鼠转向爱丽丝，叹了口气
—¡La mía es una larga y triste historia!
"我的是一个漫长而悲伤的故事！"
—Es una cola larga, sin duda —dijo Alicia—
"当然是一条长尾巴，" 爱丽丝说
Y miró con asombro la cola del ratón
她惊奇地低头看着老鼠的尾巴
—¿Pero por qué le llamas cola triste?
"可是你为什么叫它悲伤的尾巴呢？"
Y ella seguía desconcertada al respecto mientras el ratón hablaba
当老鼠说话时，她一直在困惑
de modo que su idea del cuento era más o menos así
所以她对这个故事的想法是这样的

"Fury said to
  a mouse, That
    he met in the
      house, 'Let
        us both go
          to law: *I*
            will prosecute
        you.——
            Come, I'll
          take no denial:
        We must have
      the trial;
    For really
  this morning
I've
nothing
to do.'
    Said the
      mouse to
        the cur,
        'Such a
          trial, dear
            sir, With
              no jury
                or judge,
                  would
                be wasting
                  our
              breath.'
            'I'll be
          judge,
        I'll be
      jury,'
    said
  cunning
  old
    Fury;
      'I'll
        try
          the
            whole
              cause,
              and
            condemn
          you to
      death.'"

Furia le dijo a un ratón: "Que se encontró en la casa"

弗瑞对一只老鼠说，他在房子里遇见了。

Vayamos los dos a la ley: yo te procesaré

让我们俩都去打官司：我会起诉你

Vamos, no aceptaré ninguna negación: debemos tener el juicio

来吧，我不会否认：我们必须接受审判

Porque realmente esta mañana no tengo nada que hacer

因为今天早上我真的无事可做

Dijo el ratón al cur;

老鼠对着诅咒说；

Un juicio así, querido señor, sin jurado ni juez, sería una
pérdida de aliento
这样的审判，亲爱的先生，没有陪审团或法官，简直
是浪费我们的呼吸
—Seré juez, seré jurado —dijo el astuto viejo Fury—
"我来当法官，我来当陪审团，"狡猾的老弗瑞说
Juzgaré toda la causa y te condenaré a muerte
我要把整个案子都试一遍，把你判死刑
el ratón le habló severamente a Alicia
老鼠对爱丽丝严厉地说话
"¡No estás prestando atención!"
"你没注意！"
—¿En qué estás pensando?
"你在想什么？"
—Le ruego que me perdone —dijo Alicia muy
humildemente—
"请原谅，"爱丽丝非常谦虚地说
—¿Habías llegado a la quinta curva, creo?
"我想你已经到了第五个弯道吧？"
"¡Me insultas diciendo tales tonterías!"
"你说这种废话，侮辱我！"
Y el ratón se levantó y se alejó
老鼠起身走开了
Alicia llamó al ratoncito
爱丽丝在小老鼠后面喊道
"¡Por favor, regresa y termina tu historia!"
"请回来把你的故事讲完！"
Y todos los demás se unieron a coro
其他人也都加入了合唱
"¡Sí, por favor, termine su historia!"
"是的，请把你的故事讲完！"
Pero el ratón se limitó a negar con la cabeza con impaciencia
但老鼠只是不耐烦地摇了摇头
Y el ratoncito caminó un poco más rápido

小老鼠走得更快了

—¡Ojalá tuviera aquí a Dinah, nuestra gata! —dijo Alicia—
"我真希望我们的猫黛娜在这里！"

Esto causó una notable sensación entre el grupo
这在党内引起了非凡的轰动

Algunos de los pájaros se apresuraron a huir de inmediato
一些鸟儿立刻匆匆走了

y un canario gritó con voz temblorosa a sus hijos;
一只金丝雀用颤抖的声音向它的孩子们喊道；

—¡Váyanse, queridos míos!
"走开，亲爱的！"

"¡Ya es hora de que estén todos en la cama!"
"你们都该躺在床上了！"

Con varias excusas se fueron todos
他们找了各种借口都走了

y Alicia no tardó en quedarse sola
爱丽丝很快就独自一人

—¡Ojalá no hubiera mencionado a Dinah!
"我真希望我没有提到黛娜！"

"Parece que a nadie le gusta aquí abajo"
"这里似乎没有人喜欢她"

—¡Pero estoy seguro de que es la mejor gata del mundo!
"但我敢肯定她是世界上最好的猫！"

La pobre Alicia se echó a llorar de nuevo
可怜的爱丽丝又开始哭泣了

porque se sentía muy sola y desanimada
因为她感到非常孤独和低落

Al cabo de un rato, sin embargo, volvió a oír algo
然而，过了一会儿，她又听到了什么

un pequeño golpeteo de pasos a lo lejos
远处传来轻微的脚步声

Y ella miró hacia arriba ansiosamente
她急切地抬起头来

El conejo manda al pequeño Sr. Bill
兔子送来了小比尔先生

Era el conejo blanco, que volvía trotando lentamente
是那只白兔，又慢慢地小跑回来了
Miraba a su alrededor ansiosamente mientras se alejaba
他一边走一边焦急地四处张望
Parecía como si hubiera perdido algo
他看起来好像丢了什么东西
Alicia le oyó murmurar para sí misma
爱丽丝听见他喃喃自语
—¡La duquesa! ¡La duquesa! ¡Oh, mis queridas patas!
"公爵夫人！公爵夫人！哦，我亲爱的爪子！
—¡Oh, mi pelo y mis bigotes!
"哦，我的皮毛和胡须！"
"Ella hará que me ejecuten, estoy seguro de eso"
"她会把我处死的，我很确定"
—¡Tan cierto como que los hurones son hurones!
"就像雪貂就是雪貂一样！"
"¿Dónde puedo haber dejado mis cosas, me pregunto?"

"我想知道，我能把我的东西丢在哪里？"

Alicia adivinó en un momento lo que estaba buscando

爱丽丝瞬间猜到了他在找什么

Buscaba el abanico de plumas

他在找羽扇

Y buscaba el par de guantes blancos

他正在寻找那双白手套

Así que ella, muy bondadosamente, comenzó a buscar los guantes

所以她非常善良地开始寻找手套

Y también buscó el abanico de plumas

她也找了羽扇

Pero los guantes y el abanico de plumas no se veían por ninguna parte

但手套和羽扇却无处可寻

Todo parecía haber cambiado desde que se bañó en la piscina

自从她在游泳池里游泳以来，一切似乎都发生了变化

Nada era igual desde que estaba en el Gran Salón

自从她在大厅里以来，一切都不一样了

y la mesa de cristal había desaparecido

玻璃桌也不见了

Y la puertecita tampoco estaba allí

而且那扇小门也不在那里

Muy pronto el conejo se fijó en Alicia

很快，兔子就注意到了爱丽丝

—la llamó en tono airado

他用愤怒的语气呼唤她

—Mary Ann, ¿qué haces aquí?

"Mary Ann，你在这儿做什么？"

"Corre a casa en este momento"

"这一刻跑回家"

—¡Y tráeme un par de guantes y un abanico de plumas!

"给我拿一双手套和一把羽扇来！"

—¡Y date prisa!

"而且要快点！"

Alicia se habló a sí misma mientras salía corriendo

爱丽丝一边跑一边自言自语

—¡Debe de haberme confundido con su criada!

"他一定把我误认为是他的女仆了！"

"¡Qué sorpresa se quedará cuando se entere de quién soy!"

"当他发现我是谁时，他会多么惊讶啊！"

Al decir esto, se encontró con una casita pulcra

"说这话的时候，她来到了一座整洁的小房子里

En la puerta de la casa había una placa de bronce brillante

房子的门上挂着一块亮丽的铜牌

"W. CONEJO"

"W. 兔"

Entró sin llamar a la puerta

她没有敲门就进去了

Y se apresuró a subir las escaleras

她急忙径直上楼

le preocupaba conocer a la verdadera Mary Ann

她担心自己可能会遇到真正的玛丽安

porque entonces la echarían de la casa

因为那样她就会被赶出家门

Y no sería capaz de encontrar el abanico de plumas y los guantes

而且她找不到羽扇和手套

Alicia había encontrado el camino hacia una pequeña habitación ordenada

爱丽丝走进了一个整洁的小房间

En la habitación había una mesa junto a la ventana

房间里靠窗有一张桌子

y sobre la mesa había un abanico de plumas

桌子上放着一把羽毛扇

Y había dos o tres pares de diminutos guantes blancos

还有两三双小白手套

Cogió el abanico de plumas y un par de guantes
她拿起了羽扇和一双手套

Y estaba a punto de salir de la habitación
她正要离开房间

Pero entonces sus ojos se posaron en una botellita
但随后她的目光落在了一个小瓶子上

Descorchó la botella y se la llevó a los labios
她打开瓶子的瓶塞，把它放在嘴唇上

"Espero que me haga crecer de nuevo"
　"我真心希望它能让我再次长大"

"¡Estoy cansada de ser una cosita tan pequeña!"
　"我受够了做这么小东西！"

Alicia apenas se había bebido la mitad de la botella
爱丽丝几乎没喝完半瓶

Su cabeza ya estaba presionada contra el techo
她的头已经压在天花板上

Y tuvo que agacharse
她不得不弯下腰

para salvar su cuello de ser roto
为了不让她的脖子被折断

Dejó apresuradamente la botella
她匆匆放下了瓶子

"Con eso basta"
　"这就够了"

"Espero no crecer más"
　"我希望我不要再长大了"

¡Ay! ¡Era demasiado tarde para desearlo!
唉！希望那已经太晚了！

Ella siguió creciendo y creciendo
她不断成长

y muy pronto tuvo que arrodillarse en el suelo
很快她就不得不跪在地板上

Y aun así siguió creciendo
即便如此，她还是继续成长

Como último recurso, sacó un brazo por la ventana

作为最后的资源，她把一只手臂伸出窗外

Y metió un pie por la chimenea

她把一只脚伸进烟囱里

"Ahora no puedo hacer más, pase lo que pase"

"现在我不能再做任何事情了，无论发生什么"

—¿Qué será de mí?

"我会变成什么样子？"

Alicia tuvo un poco de suerte

爱丽丝有一点运气

La pequeña botella mágica había tenido todo su efecto

小魔术瓶已经发挥了它的全部作用

y Alicia no creció más de lo que era

爱丽丝并没有长得比她大

Al cabo de unos minutos oyó una voz en el exterior

几分钟后，她听到外面有声音

Y se detuvo a escuchar la voz

她停下来听那声音

—¡María Ana! ¡Mary Ann! -dijo la voz-

"玛丽·安！玛丽安！

"¡Tráeme mis guantes en este momento!"

"马上把我的手套拿来！"

Luego se oyó un pequeño golpeteo de pies en la escalera

然后，楼梯上传来了一阵轻微的脚步声

Alicia supo que era el conejo que venía a buscarla

爱丽丝知道是兔子来找她了

Y tembló hasta hacer temblar la casa

她战战兢兢，直到震动了房子

Se olvidó por completo de sus proporciones

她完全忘记了自己的比例是多少

Era mil veces más grande que el conejo

她比兔子大一千倍

Y no tenía por qué temer a un conejo

她没有理由害怕兔子

De pronto, el conejo se acercó a la puerta

不一会儿，兔子走到门口

Y el conejito trató de abrir la puerta

小兔子试图打开门

La puerta comenzó a abrirse hacia adentro

门开始向内打开

pero el codo de Alicia estaba apretado con fuerza contra la puerta

但爱丽丝的胳膊肘被狠狠地压在门上

Ese intento resultó un fracaso

那次尝试被证明是失败的

Alicia oyó que el conejo se hablaba a sí mismo

爱丽丝听到兔子自言自语

"Entonces daré la vuelta y entraré por la ventana"

"那我就绕着走，从窗户进去。"

«¡Que no lo harás!», pensó Alicia

"你不会的！"

Y volvió a esperar un poco

她又等了一会儿

Pronto oyó al conejo justo debajo de la ventana

很快，她就听到了窗下的兔子

De repente extendió la mano

她突然伸出手

Y ella hizo un arrebato en el aire

她在空中猛地一把

No se apoderó de nada

她什么也没拿

Pero oyó un pequeño alarido y una caída

但她听到了一声尖叫和一阵摔倒

Y oyó el estrépito de cristales rotos

她听到了玻璃碎裂的撞击声

Tal vez el conejo se había caído

也许兔子掉下来了

Tal vez estaba en un invernadero

也许他在温室里

Luego se oyó una voz airada; La voz del conejo

接着传来一个愤怒的声音；兔子的声音

"Pat, ¿dónde estás?"

"Pat，你在哪儿？"

Y entonces llegó una voz que nunca antes había oído

然后传来了一个她从未听过的声音

"¡Su señoría, estoy aquí!"

"大人，我在这里！"

"Estoy cavando en busca de manzanas"

"我在挖苹果"

"¡Aquí! ¡Ven y ayúdame a salir de esto!"

"来！快来帮我走吧！"

—Ahora dime, Pat, ¿qué es eso que hay en la ventana?

"现在告诉我，帕特，窗户里有什么？"

"Claro, su señoría, se lo diré"

"好的，大人，我会告诉你的。"

"¡Es un brazo que está en la ventana!"

"这是一只在窗户里的手臂！"

"Bueno, un brazo no tiene nada que hacer allí"
"嗯，一只手臂在那里没什么用"

"¡Ve y quítate el brazo!"
"去把那条胳膊拿走！"

Hubo un largo silencio después de esto
之后是长时间的沉默

y Alicia sólo podía oír susurros de vez en cuando
爱丽丝只能时不时地听到耳语

Y, por fin, volvió a extender la mano
最后，她又伸出了手

Y ella hizo otro arrebato en el aire
她又在空中抓了一下

Esta vez hubo dos pequeños chillidos
这一次传来了两声小小的尖叫

y se escucharon más sonidos de vidrios rotos
玻璃破碎的声音越来越大

«¡Me pregunto qué harán ahora!», pensó Alicia
"我想知道他们接下来要做什么！"

"Ojalá me sacaran por la ventana"
"我希望他们能把我拉出窗外"

Esperó un buen rato
她等了一会儿

Pero durante un rato no oyó nada más
但有一阵子，她什么也没听到

Por fin se oyó el estruendo de unas ruedas
最后，传来了小轮子的隆隆声

Y se oyó el sonido de muchas voces
这时传来了许多声音

Todas las voces hablaban al unísono
所有的声音都在一起说话

Pudo distinguir algunas de las palabras
她能听清一些字

—¿Dónde está la otra escalera?
"另一个梯子呢？"

"Bill tiene la otra escalera"
"比尔有另一个梯子"

"¡Bill, ven aquí!"
"比尔，过来！"

—¿Soportará el techo la carga?
"屋顶能承受负载吗？"

—¿Quién quiere bajar por la chimenea?
"谁想从烟囱里下去？"

—¡No, no lo haré! ¡Tú lo haces!"
"不，我不会的！你来做吧！

—¡Aquí, Bill!
"来，比尔！"

"¡El maestro dice que tienes que bajar por la chimenea!"
"主人说你得从烟囱下去！"

Alicia arrastró el pie por la chimenea todo lo que pudo
爱丽丝把脚尽可能地伸到烟囱里

Y luego esperó a ver lo que venía
然后她等着看会发生什么

Escuchó a un animalito arañar y revolver
她听到一只小动物在抓挠和争吵

El animalito debe estar en la chimenea
小动物一定在烟囱里

Luego dio una fuerte patada
然后她猛地踢了一脚

Y esperó a ver qué pasaría después
她等着看接下来会发生什么

Oyó un coro general de voces
她听到了一阵普遍的合唱

"¡Ahí va Bill!", dijeron todos
"比尔走了！"

Entonces oyó solo la voz del conejo
然后她听到了兔子独自的声音

"¡Tú por el seto, atrápalo!"
"你在树篱边，抓住他！"

Hubo otro momento de silencio
又是一阵沉默
Y entonces hubo otra confusión de voces
然后又是一阵混乱的声音
"Levanta la cabeza, Brandy"
“抬起他的头，白兰地”
"Ten cuidado de no asfixiarlo"
“小心不要让他窒息”
—¿Qué te pasó?
“你怎么了？”
Por último, llegó una vocecita débil y chillona
最后传来一个有点微弱、吱吱作响的声音
"Bueno, ya casi no sé"
“嗯，我几乎不知道更多了”
"Gracias a todos, ahora estoy mejor"
“谢谢大家，我现在好多了”
"Hay una cosa que puedo recordar"
“有一件事我能记住”
"Algo viene hacia mí como un tren en un túnel"
“有什么东西像隧道里的火车一样向我袭来”
"¡Y vuelo hacia arriba como un cohete!"
“我像火箭一样飞起来！”
Hubo uno o dos minutos de silencio
一两分钟的沉默
Y entonces empezaron a moverse de nuevo
然后他们又开始四处走动
y Alicia oyó hablar de nuevo al Conejo
爱丽丝又听到兔子说话了
"Un túmulo servirá, para empezar"
“一开始，一个 barrowful 就可以了”
«¿Un túmulo lleno de qué?», pensó Alicia
“什么？” 爱丽丝想
Pero no la mantuvieron en suspenso por mucho tiempo
但她并没有长时间处于悬念中

Una lluvia de guijarros entró por la ventana
一阵小鹅卵石从窗户里射进来
Y algunas de las piedrecitas le golpearon en la cara
一些小鹅卵石打在她的脸上
Alicia se sorprendió por los guijarros
爱丽丝对这些小鹅卵石感到惊讶
Todos los guijarros se estaban convirtiendo en pasteles
所有的小鹅卵石都变成了蛋糕
Y una idea brillante se le ocurrió
一个好主意出现在她的脑海中
"Debería comerme uno de estos pasteles"
“我应该吃其中一个蛋糕”
"El pastel seguramente hará algún cambio en mi tamaño"
“蛋糕肯定会改变我的尺码”
Así que se tragó uno de los pasteles
所以她吞下了其中一个蛋糕
Y se alegró al descubrir que empezaba a encogerse
她很高兴地发现自己开始缩小
Pronto fue lo suficientemente pequeña como para pasar por la puerta
很快她就小到可以进门了
Salió corriendo de la casa
她跑出了房子
Una multitud de animalitos y pájaros esperaban afuera
一群小动物和小鸟在外面等着
todos los pajaritos y animales se abalanzaron sobre Alicia
所有的小鸟和小动物都向爱丽丝冲来
Pero ella huyó lo más rápido que pudo
但她以最快的速度跑开了
Y pronto se encontró a salvo en un espeso bosque
很快，她发现自己在一片茂密的树林里很安全
Alicia vagaba por el bosque
爱丽丝在树林里徘徊
Y pensó para sí misma:

她心想：

"Sé lo que tengo que hacer primero"
"我知道我首先要做什么"
"Primero tengo que volver a crecer hasta el tamaño adecuado"
"首先，我必须再次长到合适的尺寸"
"Y luego tengo que encontrar mi camino hacia ese hermoso jardín"
"然后我得想办法进那个可爱的花园。"
"Supongo que debería comer o beber una cosa u otra"
"我想我应该吃点东西或喝点什么的"
"Pero la pregunta es ¿qué debo comer o beber?"
"但问题是我应该吃什么或喝什么？"
Alicia miró a su alrededor las flores
爱丽丝环顾四周的花朵
Y miró a través de las briznas de hierba
她透过草叶向外望去
pero no podía ver nada de comer ni de beber
但她看不到任何可吃的东西或可喝的东西
Nada parecía ser lo adecuado para comer o beber
看起来没有什么东西是适合吃或喝的东西
Había un gran hongo creciendo cerca de ella
她附近长着一朵大蘑菇
el hongo tenía aproximadamente la misma altura que Alicia
蘑菇的高度与爱丽丝差不多
Se estiró de puntillas
她踮起脚尖伸展身体
Y se asomó por el borde del hongo
她从蘑菇的边缘偷看
Sus ojos se encontraron inmediatamente con los ojos de una gran oruga azul
她的眼睛立即与一只蓝色大毛毛虫的眼睛相遇
La oruga estaba sentada en la parte superior del hongo
毛毛虫坐在蘑菇的顶部

y la oruga se había cruzado de brazos
毛毛虫已经交叉了他的所有手臂
Y estaba fumando tranquilamente una larga cachimba
他静静地抽着一根长长的水烟
y no hizo la menor atención a nada
他丝毫没有注意到任何事情
y ciertamente no le prestó atención a Alicia
他当然没有注意爱丽丝

Consejos de una oruga
来自毛毛虫的建议

Por fin, la oruga se quitó la pipa de la boca
最后，毛毛虫从嘴里把水烟袋拿了出来
y se dirigió a Alicia con voz lánguida y soñolienta
他用一种慵懒、困倦的声音对爱丽丝说
—¿Quién eres? —preguntó la oruga
"你是谁？"

Alicia respondió, con cierta timidez: "No lo sé, señor"
爱丽丝相当害羞地回答说："我几乎不知道，先生。
"Justo en este momento está todo un poco..."
"只是此刻，一切都有点……"
"Sé quién era cuando me levanté esta mañana"
"我知道我今天早上起床时是谁。"
"pero creo que debo haber cambiado varias veces desde entonces"
"但我想，从那以后我肯定已经变了好几次了。"
—¿Qué quieres decir con eso? —dijo la oruga—
"你这话是什么意思？"
Con severidad, la oruga le pidió que se explicara

毛毛虫严厉地要求她解释一下
—Me temo que no puedo explicarme, señor —dijo Alicia—
"恐怕我自己说不清，先生，"爱丽丝说
"porque no soy yo mismo"
"因为我不是我自己"
"Verás, tener tantos tamaños diferentes en un día es muy confuso"
"你看，一天有这么多不同的尺码是非常令人困惑的
"

Se incorporó y dijo muy gravemente:
她站起来，非常严肃地说：
"Creo que primero deberías decirme quién eres"
"我觉得你应该先告诉我你是谁。"
"¿Por qué?", dijo la oruga
"为什么？"
Alicia no se le ocurría ninguna buena razón
爱丽丝想不出什么好的理由
Y la oruga parecía estar en un estado de ánimo muy desagradable
毛毛虫似乎处于一种非常不愉快的精神状态
Así que se dio la vuelta
所以她转身离开了
"¡Vuelve!", la oruga la llamó
毛毛虫在她身后喊道
"¡Tengo algo importante que decir!"
"我有重要的事情要说！"
Alicia se dio la vuelta y volvió otra vez
爱丽丝转过身来，又回来了
—Mantén la calma —dijo la oruga—
"保持你的脾气，"毛毛虫说
-¿Eso es todo? -preguntó Alicia
"就这些吗？"
Y se tragó su rabia lo mejor que pudo
她尽可能地压制住了自己的愤怒

—No —dijo la oruga—

"不，"毛毛虫说

La oruga desplegó sus brazos

毛毛虫张开双臂

Y volvió a sacarse la pipa de la boca

他又把水烟袋从嘴里拿出来

y él dijo: "Así que Ud. piensa que Ud. ha cambiado, ¿verdad?"

他说，"所以你觉得你变了，是吗？

—Me temo, he cambiado, señor —dijo Alicia—

"恐怕，我变了，先生，"爱丽丝说

"No puedo recordar las cosas como solía recordarlas"

"我记不住以前记得的事情了"

"¡Y no me quedo del mismo tamaño por más de diez minutos!"

"而且我不会保持相同的大小超过十分钟！"

"¿Qué tamaño quieres tener?", preguntó la oruga

毛毛虫问道："你想变成什么大小？

—Oh, no me importa especialmente el tamaño que tenga —respondió Alicia apresuradamente—

"哦，我不是特别在意我的体型，"爱丽丝急忙回答

"Simplemente no me gusta cambiar de tamaño tan a menudo, ya sabes"

"我就是不喜欢这么频繁地改变尺码，你知道的"

"Me gustaría ser un poco más grande, señor"

"我想再大一点，先生"

—Si no te importa —añadió Alicia—

"如果你不介意的话，"爱丽丝补充道

"Diez centímetros es una altura tan miserable para ser"

"10 厘米真是太可怕了"

-¡Es una altura muy buena! -exclamó la oruga con rabia-

"这确实是一个非常好的高度！"

Y se irguió mientras hablaba

他说话的时候站直了身子

Medía exactamente diez centímetros de alto

他正好有十厘米高

En uno o dos minutos, la oruga bajó del hongo

一两分钟后，毛毛虫从蘑菇上下来了

Y se arrastró por la hierba

他就爬到草地上去了

Al alejarse, hizo algunas pequeñas observaciones

他走的时候，说了一些小话

"Un lado te hará crecer más alto"

 “一侧会让你长高”

"Y el otro lado te hará acortar"

 “另一边会让你长得矮”

«¿Un lado de qué?», pensó Alicia para sí misma

 “一边是什么？” 爱丽丝心想

—¿El otro lado de qué?

 “另一边是什么？”

—El costado del hongo —dijo la oruga—

 “蘑菇的侧面，”毛毛虫说

Era como si hubiera hecho su pregunta en voz alta

就好像她大声地问了她的问题一样

Y en otro momento, se perdió de vista

再过一会儿，他就消失在视线中了

Alicia se quedó mirando pensativa el hongo

爱丽丝仍然若有所思地看着蘑菇

Estaba tratando de distinguir cuáles eran los dos lados del hongo

她试图弄清楚蘑菇的两面是哪一面

Por fin, estiró los brazos alrededor de la seta

最后，她伸出双臂搂住了蘑菇

Y rompió un poco los bordes

她把边缘掰掉了一点

"Y ahora, ¿qué lado es cuál?", se dijo a sí misma

 “那么现在，哪边是哪边呢？”

Y mordisqueó un poco de la parte de la mano derecha

她啃了一点右手的那块

Al momento siguiente sintió un violento golpe debajo de la barbilla

下一刻，她感到下巴下方受到了猛烈的打击

¡Su barbilla había golpeado su pie!

她的下巴撞到了她的脚！

Estaba bastante asustada por este cambio tan repentino

她被这个非常突然的变化吓坏了

Se estaba encogiendo muy rápidamente

她缩小得非常快

Así que rápidamente se comió un poco del otro trozo de champiñón

所以她很快就吃掉了另一块蘑菇

Su barbilla estaba muy presionada contra su pie

她的下巴紧紧地压在脚上

Apenas había espacio para abrir la boca

她几乎没有张口的空间

Pero al fin logró abrir la boca

但她终于设法张开了嘴

Y tragó un bocado del pedazo de la mano izquierda

她吞下了一小口左手的

-¡Por fin me han liberado la cabeza! -exclamó Alicia-

"我的头终于被解放出来了！"

Se miró a sí misma

她低头看着自己

Pero todo lo que podía ver era una inmensa longitud de cuello

但她只能看到一条巨大的脖子

Su cuello parecía elevarse como un tallo

她的脖子似乎像一根茎一样高起

Y miró hacia abajo sobre un mar de hojas verdes

她俯视着一片绿叶的海洋

—¿A dónde han llegado mis hombros?

"我的肩膀到哪儿去了？"

"Y oh, mis pobres manos, ¿cómo es que no puedo verte?"

"哦，我可怜的手，我怎么看不见你呢？"
Pero su cuello tenía un beneficio
但她的脖子确实有一个好处
Podía mover la cabeza en cualquier dirección
她可以向任何方向移动她的头
De hecho, era como una serpiente
事实上，她就像一条蛇
Ella zigzagueó con gracia con la cabeza hacia abajo
她优雅地曲折地低下头
Y movió la cabeza entre los árboles
她把头穿过树林
Pero entonces oyó un silbido agudo
但随后她听到了一声尖锐的嘶嘶声
Y rápidamente echó la cabeza hacia atrás
她很快就把头往后拉
Una gran paloma había volado hacia su cara
一只大鸽子飞到了她的脸上
y la paloma se agitó violentamente con sus alas
鸽子猛烈地摆动着翅膀

-¡Serpiente! -exclamó la paloma-
"蛇！"
-¡No soy una serpiente! -exclamó Alicia indignada-
"我不是蛇！"
"¡Déjame en paz!"
"别管我！"
"He probado las raíces de los árboles"
"我试过树根"
—Y he probado setos —prosiguió la paloma—
"我试过树篱，"鸽子继续说
—¡Pero esas serpientes! ¡No hay forma de complacerlos!"
"可是那些蛇！没有办法取悦他们！
Alicia estaba cada vez más desconcertada
爱丽丝越来越困惑
-Como si ya fuera bastante trabajo incubar los huevos -dijo
la paloma-
"好像孵化蛋还不够麻烦，"鸽子说
—¡De noche y de día también tengo que estar atento a las
serpientes!
"无论白天还是黑夜，我也必须提防蛇！"
"Acababa de encontrar el árbol más alto del bosque"
"我刚刚找到了森林里最高的树"
—¿Estaría libre de serpientes aquí?
"我在这里肯定不会有蛇吗？"
"¡Y sale una serpiente del cielo!"
"一条蛇从天上出来！"
-¡Pero yo no soy una serpiente, te lo aseguro! -dijo Alicia-
"可是我告诉你，我不是蛇！"
"Soy un... Soy un... Soy una niña —añadió con cierta duda—
"我是……我是…我是个小女孩，"她颇为怀疑
地补充道
Después de todo, había estado pasando por muchos cambios
毕竟，她经历了很多变化
—Estás buscando huevos —dijo la paloma—

"你在找蛋，"鸽子说

"Lo sé con certeza"
"我知道这是事实"

—¿Y qué importa si eres una niña o una serpiente?
那么，你是个小女孩还是一条蛇又有什么关系呢？

—A mí me importa mucho —dijo Alicia apresuradamente—
"这对我来说很重要，"爱丽丝急忙说

"pero no estoy buscando huevos, como suele ser"
"但我不是在找鸡蛋，就像它碰巧一样"

"Y de todos modos no querría tus huevos"
"反正我也不想要你的鸡蛋"

"No me gustan los huevos crudos"
"我不喜欢生的鸡蛋"

-¡Pues váyase! -dijo la paloma en tono malhumorado-
"好吧，那就走吧！"鸽子用闷闷不乐的语气说

Y la paloma se instaló de nuevo en su nido
鸽子又回到了它的巢里

Alicia se agachó entre los árboles lo mejor que pudo
爱丽丝尽可能地蹲在树林中

Su cuello no dejaba de enredarse entre las ramas
她的脖子一直缠在树枝之间

De vez en cuando tenía que detenerse y desenroscar el cuello
她时不时地不得不停下来，解开她的脖子

Al cabo de un rato se acordó de la seta
过了一会儿，她想起了那个蘑菇

Todavía sostenía los trozos de hongo en sus manos
她手里还拿着蘑菇片

Y se puso a trabajar con mucho cuidado
她开始非常小心地工作

Primero mordisqueó una pieza
首先，她啃了一块

Y luego mordisqueó la otra pieza
然后她啃了另一块

A veces crecía

有时她会长高

y a veces se acortaba

有时她会变矮

pero finalmente alcanzó su altura habitual

但最后她还是达到了平常的高度

Hacía tiempo que no era de su estatura

她已经有一段时间没有达到自己的身高了

Así que todo se sintió extraño por un tiempo

所以有一段时间一切都感觉很奇怪

"Lo siguiente que hay que hacer es entrar en ese hermoso jardín"

"接下来要做的是进入那个美丽的花园"

—¿Cómo se va a hacer eso, me pregunto?

"我想知道，这是怎么做到的呢？"

Al decir esto, llegó a un lugar abierto

"说这话的时候，她来到一个空旷的地方

Había una casita, un poco más de un metro de altura

那里有一座小房子，比一米高一点

"Me pregunto quién vive en esta casita"

"我想知道谁住在这栋小房子里"

"Ciertamente no puedo entrar tan grande como soy"

"我当然不能像我这样大"

—¡Los asustaría terriblemente!

"我会把他们吓坏的！"

Así que volvió a mordisquear el pequeño champiñón

于是她又啃了一口小蘑菇

Y pronto bajó treinta centímetros

很快，她就把自己降落了三十厘米

Un cerdo y un poco de pimienta
一头猪和一些胡椒粉

Durante uno o dos minutos se quedó mirando la casa

她站着看了一两分钟，望着房子

De repente, un lacayo salió corriendo del bosque

突然，一个仆人从树林里跑了出来

Vestía un uniforme especial

他穿着一件特殊的制服

A juzgar solo por su rostro, ella lo habría llamado pez

仅从他的脸上看，她会称他为鱼

Y golpeó fuertemente la puerta con los nudillos

他用指关节大声地敲门

La puerta fue abierta por otro lacayo

门是另一个仆人开的

Este lacayo también llevaba una librea especial

这个仆人也穿着特殊的制服

Este lacayo tenía una cara redonda y ojos grandes como los de una rana

这个仆人有一张圆圆的脸和像青蛙一样的大眼睛

El lacayo, que parecía un pez, inició la ceremonia
看起来像鱼的仆人开始了仪式
Sacó algo de debajo de su brazo
他从胳膊下掏出什么东西
Y sacó de debajo del brazo un sobre
他从胳膊下掏出一个信封
Y este sobre se lo entregó al otro lacayo
他把这个信封交给了另一个仆人
En tono ceremonioso le comunicó las órdenes
他用一种庄重的语气告诉他命令
"Este mensaje es para la duquesa"
　"这条信息是给公爵夫人的"
"Una invitación de la reina a jugar al croquet"
　"女王邀请你打槌球"
El lacayo, que parecía una rana, repitió la orden
那个看起来像青蛙的仆人重复了一遍命令
"De la Reina"
　"来自女王"
"Una invitación"
　"邀请"
"para la duquesa"
　"为了公爵夫人"
"Jugar al croquet"
　"玩槌球"
Entonces ambos se inclinaron profundamente
然后他们俩都低低地鞠了一躬
y los rizos de sus pelucas se enredaron
他们假发上的卷发纠缠在一起
Pronto el lacayo que parecía un pez se había ido
很快，那个看起来像鱼的仆人就消失了
Pero el lacayo que parecía una rana todavía estaba allí
但那个看起来像青蛙的仆人还在那里
Estaba sentado en el suelo, cerca de la puerta
他坐在门边的地上

Estaba mirando estúpidamente al cielo
他愚蠢地盯着天空
Alicia se acercó tímidamente a la puerta y llamó
爱丽丝怯怯地走到门前敲了敲门
—Es inútil llamar a la puerta —dijo el lacayo—
"敲门也没用，" 仆人说
"Y eso es por dos razones"
"这有两个原因"
"Primero, porque estoy del mismo lado de la puerta que tú"
"首先，因为我和你在同一侧"
"En segundo lugar, porque están haciendo mucho ruido
dentro"
"其次，因为他们在里面制造了很多噪音"
"Nadie podría escucharte"
"没人能听到你"
Y, ciertamente, había un ruido extraordinario en su interior
而且里面肯定有一种最不寻常的声音
un aullido y estornudos constantes
不断嚎叫和打喷嚏
y de vez en cuando se oye un gran estruendo
时不时传来巨大的撞击声
como si un plato o una tetera se hubieran roto en pedazos
就像一个盘子或水壶被打碎了一样
-¿Cómo voy a entrar? -preguntó Alicia
"我怎么进去呢？"
—¿Deberías entrar? —dijo el lacayo—
"你到底应该进去吗？"
"Esa es la primera pregunta, ya sabes"
"这是第一个问题，你知道的"
Alicia abrió la puerta y entró
爱丽丝打开门走了进去
La puerta conducía directamente a una gran cocina
门直接通向一个大厨房
La cocina estaba llena de humo de un extremo a otro

厨房从一端到另一端都充满了烟雾
en medio de la cocina estaba la duquesa
厨房中间是公爵夫人
Estaba sentada en un taburete de tres patas
她坐在一个三条腿的凳子上
Y ella estaba amamantando a un bebé
她正在哺乳一个婴儿
El cocinero estaba inclinado sobre el fuego
厨师靠在火上
Estaba removiendo un gran caldero
他正在搅动一个大锅
y el caldero parecía estar lleno de sopa
锅里似乎装满了汤
"¡Ciertamente hay demasiada pimienta en esa sopa!" —se dijo Alicia
"那汤里肯定有太多的胡椒粉了！"爱丽丝自言自语道
Lo dijo lo mejor que pudo, sin estornudar
她尽可能地说，没有打喷嚏
Incluso la duquesa estornudaba de vez en cuando
就连公爵夫人也偶尔打喷嚏
Pero las acciones del bebé fueron las más notables
但婴儿的行为是最值得注意的
El bebé estornudaba y aullaba alternativamente
婴儿打喷嚏和嚎叫交替
No hubo un momento de pausa entre aullidos y estornudos
在嚎叫和打喷嚏之间没有片刻的停顿
Había dos criaturas en la cocina que no estornudaban
厨房里有两个生物不打喷嚏
El cocinero estaba demasiado ocupado para estornudar
厨师太忙了，没时间打喷嚏
Y al gran gato no pareció importarle el pimiento
而那只大猫似乎并不介意胡椒
En cambio, el gran gato sonreía de oreja a oreja

相反，这只大猫却在咧嘴笑得合不拢嘴

-Por favor, ¿podría decírmelo -dijo Alicia, un poco tímidamente-

"请你告诉我，" 爱丽丝有点怯怯地说

"¿Por qué tu gato sonríe así?"

"你的猫为什么咧嘴笑？"

-Es un gato de Cheshire -dijo la duquesa-

"这是一只柴郡猫，"公爵夫人说

"Y por eso está sonriendo de oreja a oreja"

"这就是为什么他笑得合不拢嘴"

"No sabía que un gato de Cheshire siempre sonreía"

"我不知道柴郡猫总是咧嘴笑"

—De hecho, no sabía que los gatos podían sonreír —dijo Alicia—

"事实上，我不知道猫会咧嘴笑，"爱丽丝说

-Hay muchas cosas que no sabes -dijo la duquesa-

"你不知道的很多事情，"公爵夫人说

"Hay muchas cosas que no sabes y eso es un hecho"

"有很多你不知道的，这是事实"

En ese momento, el cocinero retiró el caldero de sopa del fuego

就在这时，厨师把汤锅从火上拿了下来

Y en seguida se puso a tirar todo lo que estaba a su alcance

她立刻开始把所有她能及的东西都扔出去

arrojó todo lo que pudo a la duquesa y al bebé

她把她能做的一切都扔给了公爵夫人和婴儿

Primero arrojó los hierros de fuego

首先，她扔出了火镣

Luego tiró un puñado de cacerolas

然后她扔了一把平底锅

y finalmente tiró los platos y las fuentes

最后，她把盘子和盘子扔了出去

La duquesa no le hizo caso

公爵夫人没有注意到她

Incluso cuando fue golpeada por un plato, no se preocupó
即使她被盘子砸中，她也不担心
El bebé ya estaba aullando tanto
婴儿已经嚎叫得很厉害了
Así que era imposible decir si los golpes lastimaban al bebé o no
因此，无法说这些打击是否伤害了婴儿
—¡Oh, por favor, ten cuidado con lo que estás haciendo! —exclamó Alicia—
"噢，请小心你在做什么！"
Y saltaba de un lado a otro en una agonía de terror
她在恐惧中上蹿下跳
la duquesa le ofreció a Alicia el bebé
公爵夫人为爱丽丝提供了婴儿
"¡Aquí! ¡Puedes amamantar un poco al bebé, si quieres!"
"来！如果你愿意，你可以给婴儿喂奶一会儿！"
Y le arrojó al bebé mientras hablaba
"她一边说一边把婴儿扔向她
"Tengo que ir a prepararme para jugar al croquet con la reina"
"我得去准备和女王打槌球了"
Y se apresuró a salir de la habitación
她匆匆忙忙地走出了房间
Alicia atrapó al bebé con cierta dificultad
爱丽丝好不容易才抓住了婴儿
porque era una criatura de forma muy extraña
因为它是一个形状非常奇特的小生物
Y el bebé extendió los brazos y las piernas en todas direcciones
婴儿向四面八方伸出胳膊和腿
«Será mejor que me lleve a este niño conmigo», pensó Alicia
"我最好把这个孩子带走，" 爱丽丝想
"Seguro que matarán a este bebé en uno o dos días"
"他们肯定会在一两天内杀死这个孩子"
—¿No sería un asesinato dejar atrás a este bebé?

"留下这个孩子不是谋杀吗？"

Dijo las últimas palabras en voz alta

她大声说出了最后一句话

Y la cosita gruñó en respuesta

小家伙咕哝着回答

—Será mejor que no te conviertas en un cerdo, querida —dijo Alicia—

"你最好不要变成一头猪，亲爱的，" 爱丽丝说

"o de lo contrario no tendré nada más que ver contigo"

"不然我就跟你没什么关系了。"

Alicia empezaba a pensar para sí misma:

爱丽丝刚刚开始心里想：

"Ahora, ¿qué voy a hacer con esta criatura cuando la lleve a casa?"

"现在，当我把这个家伙带回家时，我该怎么办？"

Pero entonces la pequeña criatura gruñó un poco violentamente

但随后这个小家伙咕哝了一声

y Alicia lo miró a la cara con cierta alarma

爱丽丝有些警惕地低头看着它的脸

Esta vez no podía haber error al respecto

这一次不会有错

No era ni más ni menos que un cerdo

它既不多也不少于一头猪

Así que dejó a la pequeña criatura en el suelo

于是她把这个小家伙放了下来

y la pequeña criatura se aleja trotando tranquilamente hacia el bosque

小家伙悄悄地小跑着走进了树林

Alicia se sintió bastante aliviada al ver que la criatura se iba

爱丽丝看到这个生物走了，感到相当欣慰

Alicia se sobresaltó un poco al ver al Gato de Cheshire

爱丽丝看到柴郡猫有点吃惊

Estaba sentado en la rama de un árbol a pocos metros de distancia

它坐落在几码外的一根树枝上

El gato solo sonrió cuando la vio

猫看到她时只是咧嘴一笑

—**Gato de Cheshire** —empezó Alicia, bastante
tímidamente—

"柴郡猫，" 爱丽丝颇为怯怯地开始说

—**¿Podría decirme, por favor, qué camino debo tomar desde
aquí?**

"你能告诉我，我从这里应该走哪条路吗？"

—**En esa dirección** —dijo el gato—

"在那个方向，" 猫说

Y agitó la pata derecha

它挥舞着右爪

"En esa dirección vive un fabricante de sombreros"

"在那个方向上住着一个帽子制造商"

Y entonces el gato agitó su otra pata

然后猫挥动了它的另一只爪子

"Y en esa dirección vive una liebre de marzo"

"在那个方向住着一只三月兔"

"Visita a cualquiera de los que quieras; los dos están locos"

"你想去哪儿就去哪儿；他们都疯了"

—**Pero yo no quiero andar entre locos** —comentó Alicia—

"但我不想和疯子混在一起，" 爱丽丝说

—**Oh, no puedes evitarlo** —dijo el Gato—

"哦，你没办法，" 猫说

"Aquí estamos todos locos"

"我们在这里都生气了"

"¿Vas a jugar al croquet con la reina hoy?"

"你今天和女王一起打槌球吗？"

—**Me gustaría mucho** —dijo Alicia—

"我非常想，" 爱丽丝说

"pero todavía no me han invitado"

"但我还没有被邀请"

—**Allí me verás** —dijo el Gato—

"你会在那儿看到我的，" 猫说

Y de un momento a otro el gato desapareció

从这一刻到下一刻，那只猫消失了

pronto Alicia llegó a la vista de la casa de la liebre de marzo

不久，爱丽丝就看到了三月兔的房子

Era una casa muy grande

这是一座非常大的房子

así que Alicia no quiso acercarse a la casa

所以爱丽丝不想靠近房子

Primero tuvo que mordisquear un poco más del trozo de champiñón del lado izquierdo

首先，她得再啃一些左边的蘑菇

Una fiesta de té loca
疯狂的茶话会

Delante de la casa había un árbol
房子前面有一棵树

y debajo del árbol había una mesa
树下有一张桌子

y la mesa estaba puesta con toda clase de cubiertos
桌子上摆满了各种各样的餐具

La Liebre de Marzo y el Sombrerero estaban sentados a la mesa
三月兔和制帽者在桌旁

y juntos estaban tomando el té
他们一起喝茶

Un lirón estaba sentado entre ellos
一只睡鼠坐在他们之间

y el lirón se durmió profundamente
睡鼠睡着了

La mesa era de un tamaño extraordinario
桌子非常大

Pero la mayor parte de la mesa estaba desocupada
但桌子的大部分都没人坐

Se sentaron apiñados en una esquina de la mesa
他们挤在一起坐在桌子的一角

y, sin embargo, se excusaban cuando veían a Alicia
然而，当他们看到爱丽丝时，他们找了个借口

"¡No hay espacio! ¡No hay lugar!", gritaron
“没有房间！没有空间！

-¡Hay sitio de sobra! -exclamó Alicia indignada-
“空间很大！”

En un extremo de la mesa había un gran sillón
桌子的一端有一把大扶手椅

y Alicia se sentó en el sillón
爱丽丝自己坐在扶手椅上

El sombrerero abrió mucho los ojos

制帽人睁大了眼睛

No podía creer lo que estaba viendo

他简直不敢相信自己所看到的

Pero su mente tenía curiosidad por otras cosas

但他的头脑对其他事情感到好奇

—¿Por qué un cuervo es como un escritorio?

"为什么乌鸦就像写字台？"

Alicia estaba abierta al reto

爱丽丝对挑战持开放态度

"Me alegro de que hayan empezado a hacer adivinanzas"

"我很高兴他们开始问谜语"

—Creo que puedo adivinarlo —añadió en voz alta—

"我相信我能猜到，" 她大声补充道

La liebre de marzo sintió curiosidad por Alicia

三月兔对爱丽丝越来越好奇

"¿De verdad crees que puedes encontrar la respuesta?"

"你真的觉得你能找到答案吗？"

—Creo que puedo encontrar la respuesta —dijo Alicia—

"我想我确实能找到答案，" 爱丽丝说

—Entonces deberías decir lo que quieres decir —prosiguió la liebre de la marcha—

"那你就说出你的意思吧，" 马奇兔继续说

—Digo lo que quiero decir —respondió Alicia apresuradamente—

"我说的是我的意思，" 爱丽丝急忙回答

"por lo menos quiero decir lo que digo"

"至少我说的是真的"

"Es lo mismo, ¿sabes?"

"那是一回事，你知道的"

El lirón también contribuyó a la conversación

睡鼠也为这次对话做出了贡献

Pero el lirón parecía estar hablando en sueños

但睡鼠似乎在睡梦中说话

"Respiro cuando duermo"

"我睡觉时会呼吸"

"¡Duermo cuando respiro!"

"我呼吸时睡觉！"

"Bien podría decirse que también son lo mismo"

"你还不如说他们也是一样的。"

-A ti te pasa lo mismo -dijo el sombrerero-

"你也是一样的，"帽子制造商说

Y echó un poco de té en la nariz del lirón

他把一点茶倒在睡鼠的鼻子上

El Lirón sacudió la cabeza con impaciencia

睡鼠不耐烦地摇摇头

Y volvió a hablar el Lirón, sin abrir los ojos

睡鼠又开口了，眼睛没有睁开

"Por supuesto, por supuesto que es lo mismo"

"当然，当然是一样的"

"eso es justo lo que iba a decir yo mismo"

"这就是我自己要说的"

El sombrerero se volvió hacia Alicia y le hizo otra pregunta
帽子制造商转向爱丽丝，问了另一个问题
—¿Ya has adivinado el enigma?
"你猜到谜语了吗？"
—No, me rindo —concedió Alicia—
"不，我放弃了，" 爱丽丝承认
"¿Cuál es la respuesta?", quiso saber
"答案是什么？" 她想知道
—No tengo la menor idea —dijo el sombrerero—
"我一点也不知道，" 帽子制造商说
-Ni yo lo sé -dijo la liebre-
"我也不知道，" 行军兔说
Alicia dio un suspiro de cansancio
爱丽丝疲惫地叹了口气
"Hay mejores usos del tiempo que los enigmas sin respuestas"
"比没有答案的谜语更能利用时间"
-¡Toma un poco más de té! -dijo la liebre a Alicia, muy seriamente-
"再喝点茶吧，" 三月兔非常认真地对爱丽丝说
Alicia se sintió bastante ofendida por la oferta
爱丽丝对这个提议感到非常不满
—Todavía no he tomado el té —respondió Alicia—
"我还没喝茶呢，" 爱丽丝回答
"por lo tanto, no puedo tomar más té"
"所以我不能再喝茶了"
—Quieres decir que no puedes tomar menos té —dijo el sombrerero—
"你的意思是你不能少喝茶，" 帽子制造商说
"Es muy fácil llevarse más que nada"
"多拿比拿不拿容易"
Al oír esto, Alicia se levantó y se marchó
"听到这话，爱丽丝起身走了
El lirón se durmió al instante

睡鼠瞬间睡着了
y ninguno de los otros hizo la menor atención de que ella se fuera
其他人都没有注意到她的离开
aunque miró hacia atrás una o dos veces
虽然她回头看了一两次
Intentaban meter el lirón en la tetera
他们想把睡鼠放进茶壶里
-De todos modos, ¡no volveré a ir allí! -dijo Alicia-
"无论如何，我再也不会去那里了！"
Y ella caminó su camino a través del bosque
她穿过树林
"Esa fue la fiesta del té más estúpida a la que he ido en mi vida"
"那是我参加过的最愚蠢的茶话会"
Justo cuando dijo esto, notó algo
就在她说这句话的时候，她注意到了什么
Uno de los árboles tenía una puerta que daba directamente a él
其中一棵树有一扇门直接通向它
"¡Eso es muy interesante!", pensó
"那真有趣！"
"Creo que es mejor que pase por la puerta"
"我想我还是进门吧"
Y entró por la puerta
她穿过门走了
Una vez más se encontró en el largo pasillo
她又一次发现自己在长长的大厅里
De nuevo estaba cerca de la mesita de cristal
她又一次靠近了那张小玻璃桌
Ella tomó la pequeña llave de oro
她拿走了那把小金钥匙
Y abrió la puerta que daba al jardín
她打开了通往花园的门

Luego se puso manos a la obra mordisqueando el hongo

然后她开始啃蘑菇

Había guardado un trozo de la seta en el bolsillo

她把一块蘑菇放在口袋里

Y, por último, medía alrededor de un metro de altura

最后，她大约有一米高

Luego caminó por el pequeño pasillo

然后她沿着小走廊走去

Y entonces finalmente se encontró en el hermoso jardín

然后她终于发现自己来到了美丽的花园里

y ella estaba entre la flor brillante y las fuentes frescas

她在鲜艳的花朵和凉爽的喷泉之间

El campo de croquet de la reina
女王的槌球场

Un gran rosal se alzaba cerca de la entrada del jardín
一棵大玫瑰树矗立在花园的入口附近

Las rosas que crecían en el árbol eran blancas
树上生长的玫瑰是白色的

Pero había tres jardineros pintando la rosa
但是有三个园丁在画玫瑰

Estaban ocupados pintando las rosas de rojo
他们正忙着把玫瑰涂成红色

y Alicia los miraba pintar las rosas de rojo
爱丽丝看着他们把玫瑰涂成红色

y de repente sus ojos se posaron por casualidad en Alicia
突然间，他们的目光偶然落在爱丽丝身上

Alicia habló un poco tímidamente
爱丽丝有点怯怯地说道

—¿Podría decírmelo, por favor?
"请你告诉我吗；"

"¿Por qué están pintando todas esas rosas?"
"你们为什么要画那些玫瑰？"

Cinco y siete no dijeron nada, pero miraron a dos
五和七什么也没说，只是看着二

Dos hablaron, en voz baja
两个人低声说话

"Vaya, el hecho es que ya lo ve, señora"
"哎呀，事实是·你看，夫人"

"Esto de aquí debería haber sido un rosal rojo"
"这儿应该是一棵红玫瑰树"

"Y pusimos un rosal blanco por error"
"我们误把一棵白玫瑰树放进去了"

"Como estarás de acuerdo, la Reina no debe enterarse"
"正如你所同意的，女王一定不会发现的"

"De lo contrario, nos cortarían la cabeza a todos"
"否则我们都会被砍掉头"

"Así que ya ve, señora, estamos haciendo lo mejor que
podemos"
"所以你看，女士，我们正在尽力而为。"
La Carta Cinco había estado mirando ansiosamente a través
del jardín
五号卡一直焦急地望着花园的另一边
En ese momento, la carta cinco gritó: "¡La reina! ¡La reina!"
就在这时，五号牌喊道："皇后！女王！
Y los tres jardineros se escabulleron al instante
三个园丁立刻匆匆走开了
Y se arrojaron de bruces
他们就倒在地上
Se oyó el sonido de muchos pasos
传来许多脚步声
Alicia miró a su alrededor, ansiosa por ver a la reina
爱丽丝环顾四周，渴望见到女王
Al comienzo de la procesión había diez soldados
游行队伍开始时有 10 名士兵
Sus manos y pies estaban en las esquinas
他们的手和脚都在角落里
y en sus manos y pies había garrotes
他们的手和脚上都有棍棒
Luego vinieron los diez cortesanos
接下来是十个朝臣
Los cortesanos estaban adornados con diamantes
朝臣们全身都装饰着钻石
Después de los cortesanos venían los hijos reales
在朝臣之后是皇室子女
Eran diez los hijos de la realeza
有十个皇室孩子
y todos los niños reales estaban adornados con corazones
所有的皇室孩子都装饰着心形
Luego vinieron los invitados; en su mayoría reyes y reinas
接下来是客人；主要是国王和王后

y entre los reyes y la reina, Alicia vio a alguien
在国王和王后中，爱丽丝看到了一个人
Volvió a ver al conejo blanco que había perseguido
她又看到了她追赶的那只白兔
La procesión fue seguida por la sota de los corazones
游行队伍后面是红心之刃
Llevaba la corona del rey
他背着国王的王冠
y la corona del rey estaba sobre un cojín de terciopelo carmesí
国王的王冠放在深红色的天鹅绒垫子上
Y entonces llegó el final de esta gran procesión
然后，这个盛大的游行结束了
Y allí, al final, estaban el Rey y la Reina de Corazones
最后是红心 K 和 Queen
la procesión venía frente a Alicia
队伍来到爱丽丝的对面
Y todos se detuvieron y la miraron
他们都停下来看着她
Y la reina dijo severamente: "¿Quién es éste?"
王后严厉地问： "这是谁？
Se lo dijo a la Sota de Corazones
她对红心之刃说
Pero él se limitó a hacer una reverencia y a sonreír en respuesta
但他只是鞠躬微笑作为回应
Alicia habló muy cortésmente
爱丽丝非常有礼貌地说
"Mi nombre es Alicia, así que por favor, su majestad"
"我叫爱丽丝，所以请陛下"
Pero ella tenía otros pensamientos para sí misma
但她心里却有别的想法
"¡Después de todo, son solo un mazo de cartas!"
"毕竟，它们只是一包纸牌！"

"¿Sabes jugar al croquet?", gritó la reina
"你会打槌球吗？"

Era evidente que la pregunta iba dirigida a Alicia
这个问题显然是针对爱丽丝的

-¡Sí! -dijo Alicia en voz alta-
"是的！"

—¡Ven a jugar! —rugió la reina—
"那你来玩吧！"

una voz tímida le habló a Alicia
一个胆怯的声音对爱丽丝说

"¡Es un día muy hermoso!"
"今天真是个晴朗的一天！"

Caminaba junto al conejo blanco
她从那只白兔身边走过

y el Conejo Blanco la miraba ansiosamente a la cara
白兔焦急地偷看她的脸

—Un día muy bueno —confirmó Alicia—
"真是个晴朗的一天，" 爱丽丝肯定道

—¿Dónde está la duquesa?
"公爵夫人在哪儿？"

"¡Silencio! ¡Silencio!", dijo el Conejo
"嘘！嘘！

"Está condenada a muerte"
"她被判处死刑"

—¿Por qué la ejecutan? —preguntó Alicia
"她被处决是为了什么？"

—Le ha rayado las orejas a la reina —empezó a decir el
conejo—
"她擦伤了女王的耳朵，" 兔子开始说

—gritó la Reina con voz de trueno—
女王用雷霆般的声音喊道

"¡Vayan a sus lugares!"
"到你们的地方去！"

Y la gente empezó a correr en todas direcciones

人们开始向四面八方跑来跑去
y todos tropezaron unos con otros
他们都互相撞了起来

Sin embargo, se calmaron en uno o dos minutos
然而，他们在一两分钟内就安定下来了

Y entonces comenzó el juego
然后游戏开始了

Alicia nunca había visto un campo de croquet tan curioso
爱丽丝从未见过如此奇特的槌球场

La hierba era todo crestas y surcos
草地上全是山脊和沟壑

Las bolas de croquet eran erizos de verdad
槌球是真正的刺猬

y los mazos eran flamencos de verdad
木槌是真正的火烈鸟

Y los soldados se pusieron de pie sobre sus manos y sus pies
士兵们用手和脚站着

porque los arcos estaban hechos de sus cuerpos
因为拱门是由他们的身体制成的

Todos los jugadores jugaron a la vez
玩家同时玩

Nadie esperó su turno
没有人等待轮到他们

y todos se peleaban con todos
大家都和大家争吵起来

y todos luchaban por los erizos
所有人都在为刺猬而战

Pronto la reina se vio presa de una furiosa pasión
很快，王后就陷入了愤怒的激情中

Y empezó a patalear y a gritar
她开始跺脚大喊大叫

"¡Córtale la cabeza!"
"砍掉他的头！"

"¡Córtale la cabeza!"

"砍掉她的头！"

"¡Córtale la cabeza a todos!"
"把他们的头都砍下来！"

De nuevo Alicia pensó para sí misma
爱丽丝又心想

"Son terriblemente aficionados a decapitar a la gente aquí"
"他们非常喜欢在这里斩首"

"¡La gran maravilla es que quede alguien vivo!"
"最神奇的是，竟然还有人还活着！"

Buscaba alguna vía de escape
她正在寻找某种逃生的办法

Notó una curiosa apariencia en el aire
她注意到空气中出现了一个奇怪的景象

«Es el gato de Cheshire», se dijo a sí misma
"是柴郡猫，"她自言自语道

"Ahora tendré a alguien con quien hablar"
"现在我得找个人谈谈了"

—¿Cómo te va? —preguntó el gato
"你过得怎么样？"

—No creo que jueguen nada limpio —dijo Alicia—
"我认为他们玩得一点也不公平，"爱丽丝说

Y tenía un tono bastante quejumbroso
她的语气颇为抱怨

"Todos se pelean tan terriblemente"
"他们都吵得那么可怕"

"Uno no se oye hablar"
"一个人听不到自己说话"

"Y no parecen jugar con ninguna regla"
"而且他们似乎不按任何规则行事"

el gato le hizo una pregunta a Alicia en voz baja
猫低声问爱丽丝一个问题

—¿Qué te parece la reina?
"你觉得女王怎么样？"

—No me gusta nada —dijo Alicia—

Alicia pensó que sería mejor que volviera

爱丽丝觉得她还是回去吧

Quería ver cómo iba el partido

她想看看游戏进展如何

Se fue en busca de su erizo

她出去寻找她的刺猬

El erizo estaba ocupado luchando contra otro erizo

刺猬正忙着与另一只刺猬战斗

Esta fue una excelente oportunidad

这是一个绝佳的机会

Podía hacer croquet a un erizo con el otro

她可以用一只刺猬和另一只刺猬槌

Pero su flamenco estaba al otro lado del jardín

但她的火烈鸟在花园的另一边

El flamenco era bastante torpe

火烈鸟相当笨拙

Su flamenco intentaba volar hacia un árbol

她的火烈鸟正试图飞到一棵树上

Atrapó al flamenco por la pierna

她抓住了火烈鸟的腿

Y guardó el flamenco bajo el brazo

她把火烈鸟塞到胳膊下

De esa manera, el flamenco no pudo escapar de nuevo

这样火烈鸟就无法再次逃脱

Justo en ese momento Alicia se encontró con la duquesa

就在这时，爱丽丝碰巧遇到了公爵夫人

La duquesa ya había salido de la cárcel

公爵夫人现在已经出狱了

Metió cariñosamente su brazo bajo el brazo de Alicia

她深情地把胳膊塞进爱丽丝的胳膊下

Y luego se fueron juntos

然后他们一起走了

Alicia se alegró mucho de encontrarla de tan buen humor

爱丽丝发现她脾气这么好，真是太高兴了

Sin embargo, estaba un poco asustada

然而，她还是有点吃惊

Oyó la voz de la duquesa cerca de su oído

她听到了公爵夫人的声音，就在她耳边

"Estás pensando en algo, querida"

“你在想什么，亲爱的”

"Y eso hace que te olvides de hablar"

“这让你忘了说话”

—El juego va bastante mejor ahora —dijo Alicia—

“比赛现在进行得更好了，”爱丽丝说

Era una forma de mantener la conversación

这是保持对话进行的一种方式

-Así es -dijo la duquesa-

“确实是这样，”公爵夫人说

"Y la moraleja de eso es esta:"

"而这其中的寓意是这样的："
"¡Es el amor el que lo hace todo!"
"是爱成就了一切！"
"El amor es lo que hace que el mundo gire"
"爱是世界运转的动力"
Alicia tenía otra explicación
爱丽丝有另一种解释
"¡Lo hace todo el mundo ocupándose de sus propios asuntos!"
"每个人都管自己的事！"
—¡Ah, bueno! Podrías tener razón"
"啊，好吧！你可能是对的"
-Todo significa lo mismo -dijo la duquesa-
"这都意味着差不多一样的事情，" 公爵夫人说
y hundió su afilada barbilla en el hombro de Alicia
她把她那尖尖的小下巴挖进爱丽丝的肩膀上
"Y la moraleja de eso es esta"
"它的寓意是这样的"
"Cuida el sentido"
"照顾好感觉"
"Y entonces los sonidos se encargarán de sí mismos"
"然后声音会自己照顾好"
Pero entonces el brazo de la duquesa empezó a temblar
但随后公爵夫人的手臂开始颤抖
Alicia alzó la vista y allí estaba la reina
爱丽丝抬起头来，女王站在那里
La reina tenía los brazos cruzados
女王双臂交叉
¡Y ella fruncía el ceño como una tormenta eléctrica!
她皱着眉头，像暴风雨一样！
—Te advierto —gritó la reina—
"我给你一个公平的警告，" 王后喊道
Y pisoteó el suelo mientras hablaba
她一边说着，一边跺着地

"O tu cabeza o la suya deben estar cortadas"
“要么你的头，要么她的头必须掉下来”
"¡Toma tu decisión!"
“随你选！”
"Y ser rápido al respecto"
“而且要快点”
La duquesa hizo su elección
公爵夫人做出了她的选择
Y al cabo de un instante la duquesa se fue
不一会儿，公爵夫人就走了
Entonces la reina le habló a Alicia
然后，王后对爱丽丝说话
"Sigamos con el juego"
“让我们继续游戏”
Alicia estaba demasiado asustada para decir una palabra
爱丽丝吓得一句话也说不出来
Y la siguió lentamente hasta el campo de croquet
她慢慢地跟着她回到了槌球场
Todo el tiempo la Reina se peleó con los otros jugadores
皇后一直与其他玩家争吵
"¡Córtale la cabeza!"
“砍掉他的头！”
"¡Córtale la cabeza!"
“砍掉她的头！”
"¡Córtale la cabeza a todos!"
“把他们的头都砍下来！”
Pronto todos los jugadores estaban bajo custodia
很快，所有球员都被拘留了
solo quedaron el rey, la reina y Alicia
只剩下国王、王后和爱丽丝
Entonces la reina se marchó, casi sin aliento
然后女王气喘吁吁地走了
y se fue con Alicia
她和爱丽丝一起走了

Alicia oyó que el rey decía algo en voz baja
爱丽丝听到国王悄悄地说了些什么
"Estáis todos perdonados"
“你们都被赦免了”
Pero de repente se oyó otro grito
但突然又听到了一声哭声
"¡El juicio está comenzando!"
“审判开始了！”
y Alicia corrió con los demás
爱丽丝和其他人一起跑

¿Quién robó las tartas?
谁偷了蛋挞？

El rey y la reina de corazones estaban sentados
红心国王和红心皇后就座

estaban en su trono cuando llegó Alicia
当爱丽丝到来时，他们正在他们的宝座上

Había una gran multitud reunida a su alrededor
他们周围聚集了一大群人

Había todo tipo de pajaritos y bestias
有各种各样的小鸟和野兽

Y allí estaba toda la baraja de cartas
还有整包牌

La sota estaba de pie frente a ellos, encadenada
那把刀站在他们面前，戴着锁链

y había un soldado a cada lado para custodiarlo
两边各有个士兵看守他

cerca del Rey estaba el conejo blanco
国王身边有一只白兔

Tenía una trompeta en una mano
他一只手拿着小号

y tenía un rollo de pergamino en la otra mano
他的另一只手里拿着一卷羊皮纸

En el centro del patio había una mesa
庭院的正中央有一张桌子

Sobre la mesa había un gran plato de tartas
桌上放着一大盘蛋挞

«Ojalá hicieran el juicio», pensó Alicia
"我希望他们能完成审判，"爱丽丝想

—¡Entonces podríamos comer algunos de esos refrescos!
"那我们就可以吃点东西了！"

El juez, por cierto, era el rey
顺便说一句，法官是国王

y llevaba su corona sobre su gran peluca
他把皇冠戴在他的大假发上

«Ésa es la tribuna del jurado», pensó Alicia
“那是陪审团席，”爱丽丝想

"Y esas doce criaturas, supongo que son los miembros del jurado"
“还有那十二个生物，我想他们就是陪审员。”

algunos eran animales y otros eran pájaros
有些是动物，有些是鸟

En ese momento el conejo blanco gritó
就在这时，白兔叫了起来

"¡Silencio en la corte!"
“法庭上安静！”

"¡Heraldo, lee la acusación!", dijo el rey
“传令官，读读控告书！”

El Conejo Blanco tocó tres veces la trompeta
白兔吹响了小号三声

Luego desenrolló el rollo de pergamino
然后他展开了羊皮纸卷轴

Y leyó lo siguiente:
他读到如下：

"La reina de corazones, hizo unas tartas"
"红桃皇后，她做了一些馅饼，"

"Todo esto lo hizo en un día de verano"
"这一切都是她在一个夏日做的"

"La sota de los corazones, robó esas tartas"
"红心之士，他偷走了那些蛋挞"

—¡Y se llevó esas tartas muy lejos!
"他把那些蛋挞带到了很远的地方！"

—Llama al primer testigo —dijo el rey—
"传唤第一个证人，"国王说

y el conejo blanco tocó tres veces la trompeta
白兔吹响了号角

"¡Traigan al primer testigo!", gritó
"带来第一个证人！"

El primer testigo fue el sombrerero
第一个证人是帽子制造商

Entró con una taza de té en una mano
他一手拿着茶杯进来

Y tenía un pedazo de pan con mantequilla en la otra mano
他的另一只手里拿着一块面包和黄油

—Tendrías que haber terminado —dijo el rey—
"你应该说完的，"国王说

—¿Cuándo empezaste?
"你什么时候开始的？"

El sombrerero miró a la liebre de marcha
帽子匠看着那只三月兔

La Liebre de Marzo lo había seguido hasta el patio
三月兔跟着他进了院子

Había caminado del brazo del lirón
他和睡鼠手挽手走过

—El catorce de marzo, creo que fue —dijo—
"我想是 3 月 14 日，"他说
—Da tu testimonio —dijo el rey—
"拿出你的证据，"国王说
"Y no te pongas nervioso, o te haré ejecutar en el acto"
"别紧张，不然我会当场处决你。"
Esto no pareció animar en absoluto al testigo
这似乎一点也不鼓励证人
Seguía moviéndose de un pie al otro
他不停地从一只脚移动到另一只脚
Y miró inquieto a la reina
他不安地望着王后
Y, en su confusión, mordió un gran trozo de su taza de té
他困惑地从茶杯里咬了一大块
En realidad, tenía la intención de morder de su pan y mantequilla
他真的是想咬他的面包和黄油
Justo en ese momento, Alicia sintió una sensación muy curiosa
就在这时，爱丽丝感到一种非常奇怪的感觉
Empezaba a crecer de nuevo
她又开始长大了
Al miserable sombrerero se le cayó la taza de té
可怜的制帽匠掉下了他的茶杯
y el pan y la mantequilla cayeron al suelo
面包和黄油掉在地上
Y cayó sobre una rodilla
他单膝跪地
—Soy un pobre hombre, majestad —comenzó—
"我是个穷人，陛下，"他开始说
—Eres un orador muy malo —dijo el rey—
"你是个很差的演讲者，"国王说
—Puedes irte —dijo el rey—
"你可以走了，"国王说

Y el sombrerero abandonó apresuradamente el patio
帽子制造商匆匆离开了庭院
—¡Llama al próximo testigo! —dijo el rey—
"传唤下一个证人！"
El siguiente testigo fue el cocinero de la duquesa
下一位证人是公爵夫人的厨师
Llevaba la caja de pimienta en la mano
她手里拿着胡椒盒
Y la gente que estaba cerca de la puerta empezó a estornudar
de repente
门口附近的人一下子都打了个喷嚏
—Da tu testimonio —dijo el rey—
"拿出你的证据，"国王说
-No daré ninguna prueba -dijo el cocinero-
"我不拿任何证据，"厨师说
El rey miró ansiosamente al conejo blanco
国王焦急地看着那只白兔
Y el conejo blanco habló en voz baja
白兔小声说道
"Su Majestad debe interrogar a este testigo"
"陛下必须盘问这位证人"
"Bueno, si debo, debo", dijo el rey
"嗯，如果我必须的话，我必须，"国王说
"¿De qué están hechas las tartas?"
"蛋挞是用什么做的？"
—Las tartas están hechas de pimienta, en su mayoría —dijo
el cocinero—
"蛋挞大部分是用胡椒做的，"厨师说
Durante algunos minutos, toda la corte estuvo en confusión
有几分钟，整个法庭都陷入了混乱
Con el tiempo, todos se calmaron de nuevo
最终，他们都再次安定下来
Pero para entonces el cocinero había desaparecido
但那时厨师已经消失了

"¡No importa!", dijo el rey

"没关系！"

"Llamar al estrado al próximo testigo"

"传唤下一位证人出庭"

Alicia observó al conejo blanco mientras él repasaba a tientas la lista

爱丽丝看着那只白兔摸索着名单

Puedes imaginar su sorpresa por lo que escuchó a continuación

你可以想象她接下来听到的声音会感到惊讶

con su vocecita estridente, llamó el nombre de «¡Alicia!»

他用尖锐的小嗓门叫着这个名字"爱丽丝！"

La evidencia de Alicia
Alice 的证据

-¡Aquí! -exclamó Alicia-
　"在这里！"

Se levantó de un salto a toda prisa
她急忙跳了起来

Y volcó el estrado del jurado
她翻倒了陪审团席

y derribó a todos los miembros del jurado
她打翻了所有的陪审团成员

y cayeron sobre las cabezas de la muchedumbre de abajo
他们就倒在了下面人群的头上

Alicia estaba muy consternada
爱丽丝非常沮丧

"¡Oh, le ruego que me perdone!", exclamó
　"哦，我求你原谅！"

—El juicio no puede continuar —dijo el rey—
　"审判不能继续，" 国王说

"Los miembros del jurado deben volver a ocupar su lugar"
　"陪审员必须回到他们应该的位置上"

Repitió la orden con gran énfasis
他非常强调地重复了这个命令

y miró a Alicia con severidad
他严肃地看着爱丽丝

—¿Qué sabe usted de estos acontecimientos? —preguntó el
rey a Alicia
　"你对这些事件了解多少？"

—No sé nada sobre el tema —dijo Alicia—
　"我对这个问题一无所知，" 爱丽丝说

Entonces el rey leyó de su libro
然后国王从他的书中读出来

"Regla cuarenta y dos"
　"规则 42"

"Todas las personas que tengan más de una milla de altura

deben abandonar el tribunal"
"所有身高超过一英里的人都要离开法院"
—No mido ni una milla de altura —dijo Alicia—
"我没有一英里高，" 爱丽丝说
—Casi dos millas de altura —dijo la Reina—
"差不多有两英里高，" 王后说

—Bueno, me niego a ir —dijo Alicia—
"嗯，我不肯走，" 爱丽丝说
El rey palideció
国王脸色苍白
Y cerró apresuradamente su cuaderno de notas
他匆匆关上了他的笔记本
"Consideren su veredicto", le dijo al jurado
"考虑一下你的裁决，" 他对陪审团说
Habló en voz baja y temblorosa
他用低沉、颤抖的声音说
Entonces habló el conejo blanco

然后白兔开口了
"Todavía hay más pruebas por venir"
"还有更多证据"
Y se levantó de un salto a toda prisa
他急忙跳了起来
"Este papel acaba de ser recogido"
"这篇论文刚刚被捡起来"
"Parece ser una carta escrita por el prisionero"
"这似乎是囚犯写的一封信"
Desdobló el papel mientras hablaba
他一边说一边展开那张纸
"Al fin y al cabo, no es una carta"
"毕竟，这不是一封信"
"Lo que era era un conjunto de versos"
"那是一组经文"
—Por favor, majestad —dijo el bribón—
"拜托了，陛下，" 小刀说
"Yo no escribí esos versos"
"那些诗句不是我写的"
"y no pueden probar que yo escribí nada"
"他们无法证明我写了什么"
"No hay ningún nombre firmado al final"
"最后没有签名"
El rey le habló a la sota
国王对 Knave 说话
"Debes haber tenido la intención de causar algún daño"
"你一定是故意捣蛋的"
"De lo contrario, habrías firmado con tu nombre como un hombre honrado"
"要不然你早就像个老实人一样签上你的名字了"
Hubo un aplauso general
大家都拍手叫好
Y el rey se volvió hacia el conejo blanco
国王转向白兔

—Lee los versos —ordenó—
"读这些经文，"他命令道
Hubo un silencio sepulcral en la corte
法庭上一片死寂
Y el conejo blanco leyó los versos
白兔读出诗句
Me dijeron que habías estado con ella
他们告诉我你去过她
Y me mencionaron a él
他们向他提到了我
Ella me dio un buen carácter
她给了我一个好品格
Pero ella dijo que yo no sabía nadar
但她说我不会游泳
Les mandó decir que yo no había ido
他给他们发了我没有去的消息
Sabemos que es verdad
我们知道这是真的
Si ella insistiera en el asunto, ¿qué sería de ti?
如果她把这件事推下去，你会怎么样？
Yo le di uno, ellos le dieron dos
我给她一个，他们给他两个
Nos diste tres o más
您给了我们三个或更多
Todos volvieron de él a ti
他们都从他那里回到你身边
aunque antes eran míos
虽然他们以前是我的
Si yo o ella tuviéramos la oportunidad de serlo
如果我或她有机会
Si yo o ella estuviéramos involucrados en este asunto
如果我或她参与了这件事
Él confía en ti para liberarlos
他相信你能释放他们

Exactamente como estábamos
和我们一模一样
Mi idea era que tú habías sido
我的想法是你一直
Antes de que ella tuviera este ataque
在她有这个
Un obstáculo que se interpuso entre
介于两者之间的障碍
A Él, y a nosotros mismos, y a
他，还有我们自己，还有它
No le dejes saber que a ella le gustaban más
不要让他知道她最喜欢他们
Porque esto debe ser para siempre un secreto, guardado de todos los demás
因为这必须永远是一个秘密，不让其他人知道
Este secreto debe seguir siendo un secreto entre tú y yo
这个秘密必须是你我之间的秘密
El rey quedó muy impresionado
国王印象深刻
"Esa es la prueba más importante que hemos escuchado hasta ahora"
"这是我们听到的最重要的证据"
—No creo que esos versos tengan un átomo de significado —objetó Alicia—
"我不相信那些诗句有一点意义，"爱丽丝反对道
el rey tenía su propia opinión al respecto
国王对此事有自己的看法
"Si no hay significado en esas palabras, eso salva un mundo de problemas"
"如果这些词没有意义，那就省去了一堆麻烦"
"Entonces no necesitamos tratar de encontrar el significado"
"那我们就不需要试着去找意思了"
"Que el jurado considere su veredicto"
"让陪审团考虑他们的裁决"
-¡No, no! -dijo la reina-

"不，不！"
"Primero la sentencia y después el veredicto"
"先判刑 后判刑"
-¡Tonterías y tonterías! -exclamó Alicia en voz alta-
"胡说八道！" 爱丽丝大声说
"¡Qué tontería es sentenciar al acusado primero!"
"先判刑被告是多么愚蠢啊！"

—¡Cállate la lengua! —dijo la reina, poniéndose morada—
"住嘴！"
-¡No me callaré! -exclamó Alicia-
"我不会闭口不言的！"
—gritó la Reina a voz en cuello—
女王大声喊道
"¡Córtale la cabeza!"
"砍掉她的头！"
Nadie hizo un movimiento

没有人动静

-¿A quién le importa lo que digas? -dijo Alicia-
　"谁在乎你说什么呢？"

Para entonces ya había crecido hasta alcanzar su tamaño completo
这时她已经长到全能的体型

"¡No eres más que un mazo de cartas!"
　"你不过是一堆纸牌！"

Al oír esto, todas las cartas se alzaron en el aire
这时，所有的牌都升起了

Y todas las cartas cayeron volando sobre ella
所有的牌都飞来飞去

Ella dio un pequeño grito
她发出了一声小小的尖叫

Estaba medio asustada, pero también enojada
她半怕半生

Y trató de quitarse las cartas de encima
她试图从自己身上挣扎

Y entonces se encontró tendida en el banco de hierba
然后她发现自己躺在草地上

Su cabeza estaba en el regazo de su hermana
她的头靠在她姐姐的腿上

Algunas hojas muertas habían caído en su cara
一些枯叶落在她的脸上

Y su hermana estaba cepillando suavemente las hojas
她的姐姐轻轻地把树叶拂去

-¡Despierta, querida Alicia! -dijo su hermana-
　"醒醒吧，亲爱的爱丽丝！"

—¡Qué sueño tan largo has tenido!
　"你睡得真长啊！"

-¡Oh, he tenido un sueño tan curioso! -exclamó Alicia-
　"噢，我做了个这么奇怪的梦！"

Y le contó a su hermana todo lo que podía recordar
她把她能记得的一切都告诉了她的姐姐

todas las extrañas aventuras sobre las que acabas de leer

您刚刚阅读的所有奇怪的冒险

Alicia se levantó y salió corriendo

爱丽丝起身跑开了

Y pensó, mientras corría, en su sueño

她一边跑一边想着她的梦想

—¡Qué sueño tan maravilloso había sido!

"这真是个美妙的梦！"

www.tranzlaty.com